行万里路　抒千古情

西路行吟

刘省平◎著

陕西新华出版传媒集团
太白文艺出版社

图书在版编目（C I P）数据

西路行吟 / 刘省平著. -- 西安 : 太白文艺出版社,
2019.1(2023.2重印)
ISBN 978-7-5513-1540-1

Ⅰ. ①西… Ⅱ. ①刘… Ⅲ. ①随笔—作品集—中国—
当代 Ⅳ. ①I267.1

中国版本图书馆CIP数据核字(2018)第265115号

西路行吟
XILU XINGYIN

作　　者　刘省平
责任编辑　刘　涛　汤　阳
封面设计　刘挺军
版式设计　陕西狮风文化传播有限公司
出版发行　陕西新华出版传媒集团
　　　　　太白文艺出版社
经　　销　新华书店
印　　刷　三河市嵩川印刷有限公司
开　　本　787mm × 1092mm　1/16
字　　数　170千字
印　　张　10.75
版　　次　2019年1月第1版
印　　次　2023年2月第2次印刷
书　　号　ISBN 978-7-5513-1540-1
定　　价　36.00元

联系电话：029-81206800
出版社地址：西安市曲江新区登高路1388号（邮编：710061）
营销中心电话：029-87277748　029-87217872

我行走在西路上,心里装满了中国……

文学的路，永远在远方

——刘省平旅行随笔集《西路行吟》序

王宗仁

很长时间以来，我一直认为中国西部是出冰雪、沙漠、风暴的胜地，也是出矿藏、森林的宝地，同时是文学的原乡、富矿地带。这就是我数十年来用一支笔咬啃这块地方不松动的缘由。但是，我至今也没有弄明白为什么有为数不少的作家一提起西部就望而却步，甚至在几年前我经历了这样一件事：一位作家跃跃欲试地走上了青藏高原，在唐古拉山兵站他患上了较重的高山不适应症，茶饭不思，睡不着觉，身上像拖着千斤重荷迈不动脚步。站上领导带着氧气瓶给他输氧。我们同行的作家都劝他在山上留住一天，等身体适应后再去拉萨。他却执意提出要送他下山，还从牙缝里挤出一句无情的话："这个鬼地方，兔子都不来拉屎，你们守着它干什么，早早送给别国算了！"在场人的家国情感受到了极大的伤害。当然，这位作家两天后还是翻过唐古拉山到了拉萨。

我在给刘省平的旅行随笔集《西路行吟》写序时，提起这件与他互不相干的、很不愉快的往事，是想表明我对他这次西行的深深敬意。我通读这部书稿时，尤其偏爱上卷《西行漫笔》。他是用心写作的，他的文字是体力加上心血喷发出来的。他在《西行漫笔》里这样倾诉了他对大好河山风光的赞美和对生活在那片土地上的亲人们的深爱之情："2015 年 7 月 6 日，我从古丝绸之路的起点——西安出发，经过甘肃、青海、新疆，一路上参观了很多景点，知道了不少风土人情……历时 14 天，奔波数万里，虽然一路上辛苦疲劳，但看到诸多历史名胜古迹，增长了知识见闻，所以心情很是愉快。”这些话虽朴实无华，但是读者能感到有一种醒世的力量跳荡在字里行间，可以想象到，历时半月，跨越几个省，作者经历的艰辛是不会少的，他却轻轻地说：“心情很是愉快。”他是一个望而见底的作家，我们相信他这话是真的，更相信有一种强大的力量在支撑着他，他才会这样举重若轻。有对西部这样的赤子情怀，带着这样的深情写作，我们走进他笔下的世界，得到的必然是灵魂对灵魂的召唤。

读刘省平的这部旅行随笔集，会给人留下难以抹掉的印象：他在写作中往往把笔触停留在现实生活中，对眼前的风土人情进行理性思考，既善于伸直又能倾斜。这样就能多侧面、多角度地展现生活的今昔变迁和人物的命运。昨天不是今天，但是可能会变成明天。在《西行漫笔》中他写自己的故乡绛帐镇，跨度很大，却浓缩得很小。他从赫赫有名的东汉通籍大儒马融，写到在青藏高原当过兵的一个普通战士：前者“常坐高堂，施绛纱帐，前授生徒，后列女乐”，“绛帐传薪”的典故至今仍为人传颂；后者从高原退伍回到故乡，正是在马融讲学的地方，“买下一片宅基地，盖了三间新房”，一家人的生活倒也康乐，只是他并没有享受多久幸福日子，就患病去世了。古今二人，诞生在同一地方，胸怀不同，命运各异。如果说马融身上闪现的是一种“大爱”，那么青藏老兵则是为“小爱”而奔波了。需要说的是，老兵的爱与马融的爱并不矛盾，也许从根本上讲大爱正是以小爱为出发点。我们读了这样的文字后，认为老兵的勤劳善良并未减弱，反而更烘托了马融的伟岸，使这位历史人物从遥远的史书里若隐若现地走到我们眼前，有了一种亲近的新鲜的人情味。

刘省平的这部旅行随笔还有一个突出的特点，也是我最为赞赏的：他的写作自然、真实，随手攒来。他只是把眼所见、心所感、情所融，从容而平和地写出来，很像与人面对面谈心，既没有矫揉做作故作姿态，更没有虚情假意地无病呻吟。他站着看世界的同时，又会突然间弯腰俯视生活，一下子使文笔有了新的意境。

我将省平在《西行漫笔》中对新疆石河子市的纪实性描述反复读了几遍，仿佛又回到了50年前曾经到过的地方，格外亲切，又十分陌生。当年我无暇细看或无法细看的场景重现于眼前，而且放射着新的色彩。我触景生情，几多联想，让我从容回望，细细咀嚼。那是上个世纪60年代末，我所在的汽车团在给西藏运送军需物资的同时，有时也给新疆包括石河子在内的一些地方运送物资。来去匆匆，且多在夜里卸下货物就返回，所以对这些地方没有留下什么特别深的印象，唯一有点模糊记忆的是王震将军在石河子有不少故事。我一边阅读一边联想，他淘旧书的那个旧书摊点，会不会是当年我看到的路边维族姑娘撑着一把油布伞，用流动拉拉车卖报纸的地方？他和朋友就餐的清真饭店主人，也许就是当年给我们免费送去羊肉串的老阿爸的后人？矗立在市中心游憩广场王震将军的铜像，自然是后来才建起来的，当年那里是我们军车装卸货物的临时场地……省平描述这些场景及人物时，保持着对日常生活丰富性的关注，并没有大呼小叫，没有滔滔不绝，而是在沉静中观察，在平静中抒发，白描手法，大美不言。我在读他这些朴实的文字时，仿佛看见他站在我面前用手一指，说：看，那就是石河子！

我很喜欢"百折不挠"这个词，数十年间都尽力尽智地践行。将它送给刘省平。他的《西路行吟》便是用这种精神收获的。他走了很远的路，在遥远的地方得到文学的灵感。他在双脚可以安放心情的地方，将高楼大厦暂时置于脑后，使自己变成一颗种子，孕出了文学的新芽。

文学的路，永远在远方。我和省平都会记着的。

2018 年 7 月 18 日于望柳庄

目　录

上卷　西行漫笔

下卷　入蜀纪行

上卷　西行漫笔

西行漫笔

中国西部地区幅员辽阔，地大物博，山川壮丽，民族众多，风俗奇异。尤其是在西域一带，有着西汉张骞两次出使艰难奔波所凿通出来的“丝绸之路”，以及历代帝王将相、英雄豪杰们留下来的传奇故事。我对这片古老而神秘的土地的向往之情由来已久，曾读过不少有关书籍资料，只是一直没有机会去亲身游历，心里总是觉得有些遗憾。

2015 年 7 月 6 日，我有幸受到扶风乡党李瑛的邀请，跟随他们的地质调查项目组，从古丝绸之路的起点——西安出发，经过甘肃、青海、新疆，一路上参观了很多景点，了解了不少风土人情，终于算是了却了一桩夙愿。这次西行历时 14 天，奔波数万里，虽然一路上辛苦疲劳，但看到诸多名胜古迹，增长了知识见闻，所以心情很是愉快。

从边陲霍尔果斯返回古城西安后有很长一段时间，我的心还沉浸在西部之行的情境之中不能自已，便翻出自己一路上所记的笔记和拍摄的照片，悉心整理了一番，随后将旅途上的所见、所闻、所想、所感以长篇系列随笔的形式写将出来。于是，就有了这部《西行漫笔》，以此作为自己那一段美好岁月中浪漫旅行的见证和留念。

一

盛夏7月的一天，老乡李瑛坐着一辆墨绿色的越野车来西安南郊的电子正街接我。正好到了午饭时间，我带着他们一行四人在紫薇城市花园旁边的一家饭馆咥了一顿腊汁肉揪面片。经过李瑛的介绍，我认识了同行的三位新朋友：司机师傅名叫文耀学，乾县人，40多岁，身材高而瘦，戴了一顶棒球帽，颇为健谈，鼻头红红的，给我留下了深刻的印象。还有两位美女是来自北京某大学的研究生，一个叫李妍，另一个叫殷肖肖。

吃罢饭，我们坐上了车，由丈八路转到西安高新区收费站，然后上了西安绕城高速公路，朝连霍高速公路上驶去，由此踏上了西行的漫长旅程。

公元2世纪，西汉张骞曾两次受汉武帝之命，率百人使团从长安未央宫启程出使西域，原本是去联合大月氏、乌孙夹攻匈奴，却意外地开拓出一条著名的“丝绸之路”，沟通了亚欧两大洲，促进了中西经济文化的交流。今天，我们一行四人从西安市电子正街出发，走的是古丝绸之路，坐的是汽车。李瑛和那三个人是同一个单位的，他们这次去新疆霍尔果斯是要开展地质调查工作，而我则是跟着他们去丝绸之路上旅行。

其实，于我而言，这次跟着他们走丝绸之路是一个偶然，行动很仓促，什么也没有来得及准备。前一天的上午，我去西安市丰庆宫参加一个老乡聚会，李瑛也去了。在饭桌上，他说马上要和几个同事去新疆霍尔果斯做三个月的地质调查项目，问我是否跟着他们过去玩一下。我问：“什么时候动身？”他说：“后天上午就走！”那一阵儿，我正好辞职赋闲在家，有的是时间，很想跟着他们过去一趟，但有些顾虑。他说：“你担心什么呢，你跟我们过去，吃住不用你操心。”他是诚心地邀请我，这话在之前其实就说过多次了。我没有立即做出决定，临别只说了一句话：“我再考虑考虑吧！”第二天中午，李瑛给我打来电话，说丝绸之路上有很多地方很好玩，不去会后悔的。我想了一下，也是，这次如果不去的话，恐怕再难有机会了。于是，我便说：“好，我去！”事情就这么定了下来。

走到咸阳时，文师傅想绕道回一趟乾县老家向父母道别，我们几个也随同前往了。

乾县，夏时为雍州之域，商时为岐周之地，春秋战国时属秦，秦朝时叫“好畤”，唐朝时叫“奉天”。唐昭宗乾宁二年(895)置乾州，民国二年(1913)改乾州为乾县，今属陕西省咸阳市管辖。东距省会西安60公里、西安咸阳国际机场35公里，南距陇海线30公里，312国道、福银高速和西平铁路从县境穿过。乾县是陕西省历史文化名城，因乾陵位于县境之内而举世闻名。

乾陵是大唐第三代皇帝李治与一代女皇武则天的合葬墓，位于乾县县城以北6公里的梁山上，当地人称“姑婆陵”。建成于唐光宅元年(684)，神龙二年(706)加盖，采用以山为陵的建造方式，仿照了京师长安城的建制。它是唐十八陵中主墓保存最完好的一个，也是唐陵中唯一没有被盗过的陵墓。1961年，被国务院公布为第一批全国重点文物保护单位。

记得2000年春天，我曾和几位大学同学慕名去乾县县城和乾陵旅游过一次，印象特别深刻。那天，我们乘坐大巴车走在通往乾陵的西兰公路上，向北远远望去，看见以梁山三座山峰为墓的乾陵，感觉整体形状像一个女人仰躺在渭北平原上，坦荡、舒展，不藏不掖，不躲不闪。那一对丰盈饱满、轮廓清晰的“乳峰”高高隆起，袒露在广阔天地之间，有种非凡的气度；而宽大的神道像她的腹部，游人似蝼蚁般在巨人宽大的腹胸上爬游。啊，这真是一个奇妙的构思和伟大的设计！它与陵前的那道无字碑一样，异曲同工地表现出了中国历史上唯一女皇的气度和威严。在乾陵主陵附近还有多个陪葬墓，其中三个分别是武则天的儿子章怀太子墓、孙子懿德太子墓和孙女永泰公主墓。据说，这三个皇室成员都是因为说过对女皇不利的话被害死的。这几个陪葬墓

乾陵

在1960年被先后挖掘,出土珍贵文物4300多件,这对研究唐代绘画、建筑、服饰、风俗习惯、体育活动、宫廷生活、外事往来等具有重要价值。

文师傅的老家在乾县的一个小村庄,他家的房子是20年前关中地区常见的那种土木结构的大瓦房。我们进门时文老爷子正躺在前院屋棚下午睡,他说老伴儿到女儿家走亲戚了,自己留在家里看门呢。老爷子已年逾七旬,看起来清瘦单薄,但精神矍铄。听文师傅说,他老爸也曾是一名地质工作者,已从单位退休多年了。文师傅给我们倒了茶水,大家坐在棚下拉了一会儿闲话。临走时,老爷子给他的儿子嘱咐了几句,然后一直将我们送到了村口。

出了村子之后,我问文师傅:"老家房子已旧成这样,怎不重修一下?"他说,他十七八岁就接了老爷子的班,这些年一直在西安工作,房子也买到城里了,老家就剩下两位老人,另盖新房也得20万元左右;即便另盖了,以后谁住呀?房子需要人气供养,长期没有人住,腐朽得很快。他说得没错,很多农家子弟在城市工作以后,相继在城里安家,父母在世时还常回老家,可是等老人都下世以后,老家的房子也就逐渐荒弃了。

离开文家后,李瑛说他也想顺道回一趟家,汽车便穿过乾县绕来绕去的乡间小路,驶上了西宝高速公路。汽车在公路上疾行,凭窗远眺,两边的平畴沃野于我们的视野中铺开郁郁葱葱的绿色海洋。距离我的家乡越来越近,我的心不免有些小小的激动。也许因为自己是农民的儿子,这田野上的景象让我有一种发自内心的亲切和充满诗意的温情。

汽车在路上行驶不到一个小时,就来到了绛帐镇。

我和李瑛都是绛帐镇人。我们的家乡绛帐镇,别名“齐家埠”,是一座历史悠久的关中文化古镇、历史名镇、商业重镇。地处陇海铁路、西宝高速公路沿线,东邻著名的中国现代农科城——杨凌,南临黄河最大的支流——渭河,西接扶眉战役烈士陵园所在地——常兴镇,北近唐代著名的皇家寺院——法门寺。绛帐镇古代曾是邰国属地,是周人祖先后稷诞生和教民稼穑之地,是张骞开辟的丝绸之路的途经驿站;如今是扶风县的第一大镇、宝鸡市的东大门,是陕西省“一线两带”和国家级“关天经济区”域内非常有名的重要节点城镇。1800 多年前,东汉通籍大儒马融曾在这里筑高台、挂绛帐、讲学传经,留下“风流旷代夜传经”的佳话,此镇从而得名。北宋大儒张载(1020—1077)曾受到马融的学问影响,融通百家学问之后创立了关学。明末清初的蒙学经典《幼学琼林》一书中曾有记载:“马融设绛帐,前授生徒,后列女乐。”

绛帐镇曾是关中地区著名的商贸中心之一。过去在关中道长期流传一句话:“出了西安西门,向西 100 公里就属绛帐街繁华。”据说,南山的木材山货、北山的粮食,方圆百十里的民间商品大都在此交易。绛帐古镇曾是一座布局规整的城池,东西长二里、南北长一里的大街构成了小城主干骨架;虽无城墙,却有“四门八岔”和环一周的用以防御匪寇侵扰的护城壕。所谓“四门”,即东、南、西、北四座城门楼,四座城门楼附近又各自有一道偏门。“八岔”,指每座城门楼外均有两条斜向的土路,形成一个岔口。过去南到秦岭太白山麓的周至、户县、眉县,北至麟游、永寿、乾县,东到武功、兴平,西至岐山、凤翔的人,每年二月二药王爷庙会或集市交易日便云集于此。街道上店铺林立、商贾云集、熙来攘往,热闹非凡。可惜在上世纪 50 年代之后,绛帐镇老街的四座城门楼及偏门陆续被拆毁了。

马融(79—166),字季长,东汉名将马援的从孙,是著名的经学家、文学家,曾历任校书郎中、河间王府长史、郎中、许昌令、议郎、武都太守、南郡太守等职。马融幼时天资聪颖,敏而好学,曾师从京兆儒生挚恂、班昭学习儒家学说;青年时,在距长安不远的仙游寺筑室苦读;中年时,入东观,遍注群经,注有《论语》《诗经》《孝经》《周易》《三礼》《尚书》《老子》《离骚》《淮南子》等书；另外，他还著有赋、颂、碑、诔、书、记、表、七言、琴歌、对策、遗令等21篇。因著述甚丰，从而奠定了其"通籍大儒"的地位。

马融几次出仕不顺，最终以病免官，后来在我的家乡筑高台挂起绛红色帐幕，前授生徒，后列女乐，学生多达400余人，升堂入室者有50余人，其中郑玄、卢植是佼佼者，再传弟子刘备、崔琰、公孙瓒也是赫赫有名的历史人物。因马融当年坐在绛帐里授徒讲学，故后人用"绛帐"一词做师长或讲座的尊称。据传有一次，某学生违反制度，马融执草秸怒打，鲜血染遍秸秆，掷之于地，秸秆复活，开花结果，人皆以为奇，便将此草称为"传薪草"，故"绛帐传薪"的典故至今仍广为流传。清代扶风知县刘瀚芳曾作诗一首，歌咏此事，诗云："风流旷代夜传经，坐拥红妆隔夜屏。歌吹弥今遗韵在，黄鹂啼罢酒初醒。"马融在绛帐传薪，为儒家文化的传承和发展做出了巨大贡献，从而留下旷世传奇和千年佳话。可惜他的著述大多散佚，当年设帐讲学的那座土筑的直径三四米的圆形讲经台，已寻不到一丝痕迹……

绛帐初中校园内的马融雕像

因为时间太紧了，我不愿给他们增添麻烦，所以没有回家，直接跟着他们一行到了位于绛帐高速出口旁边的李瑛家里。李瑛的老家在龙渠寺村，与我们刘家村紧挨着，我们这次去的是他家的新宅。李瑛的父亲是我们当地的一位能人，年轻时曾在青藏线上当过兵，退伍后回乡创业，在西宝高速公路绛帐出口附近买下了一片宅基地，盖了三院新房。当年，靠近绛帐高速公路出口的地价相对较低，自从2000年镇政府搬迁到附近之后，地价便一路飙升。如此看来，李父是一个很有眼光和魄力的人，可惜这位老人家因操劳过度，于四年前患病去世了。李家是姐弟三人，李瑛和姐姐、弟弟每人一院庄基，三院二层洋楼连成一体，院落很大。他的姐姐和姐夫是医生，在家里开了一间诊所。他的弟弟在家里开了一个汽车修理铺。这些年，李瑛一直在西安某地质单位工作，房子也买在了西安，除逢年过节在老家住几天之外，平时也很少在老家待。李母有50多岁，性格乐观、脾气和善，是一个十分勤谨能干的女人。她见我们来了，特别高兴，先是倒水沏茶，接着又操刀切瓜，生怕慢待了客人。闲聊时，她反复叮嘱我们几个出门在外要多保重身体。半个多小时之后，我们离开李家，再次上西宝高速公路，踏上了西行之路。

由绛帐到宝鸡，一路是平川沃野。宝鸡历史悠久，古称“陈仓”“雍城”，是炎帝故里、青铜器之乡、周秦文明发祥地、关天经济区副中心城市、陕西省第二大城市。近几年曾陆续获得首批国家生态园林城市、全国文明城市、中国优秀旅游城市、国家森林城市、中国人居环境奖等荣誉。对于这座城市，我们几个人都很熟悉，也都来过很多次，所以没有在这里逗留。

文师傅说：“宝鸡咱就不停了，在这里没有啥事，我加把劲儿，一口气开到天水市，晚上我们住在那里吧。”

过了宝鸡市，汽车便一头钻进了郁郁葱葱的秦岭山中，高速公路顺着山沟蜿蜒向前延伸，不时有长长的隧道出现。对于我这个在关中平原上长大的孩子而言，对大山始终是有一种新鲜感和好奇感，因而一路上不曾瞌睡，两眼不停地欣赏着车窗外不断变化流逝的风景……

在天黑之前，我们赶到了天水市。

李瑛提前打电话给他长安大学研究生班的同学，提前在秦州区的皇城国际酒店预订了几间客房。登记完房子，稍歇片刻，李瑛的那位同学带着妻子赶了过来,大家一起在这家酒店吃了一顿晚餐。抵达天水市之前,我想到与我曾在宝鸡市有过一面之缘的天水文友白尚礼,便在QQ上给他留言,说我这次去西部旅行,今晚抵达天水,希望能与他一叙。快吃完饭时,白先生打来了电话,说是实在不好意思,才看到你的留言,我已在家里吃过晚饭,不然一定会请你们吃顿晚饭。我说:"你过来吧,咱们一起聊聊也行。"

白尚礼和我是同龄人,系中国散文家协会会员、甘肃省作家协会会员、天水市作家协会理事。初次认识他是在今年4月份,在那天由西府文学沙龙在宝鸡市金台区图书馆举办的首届民间"西府文学奖"颁奖仪式上,白先生作为特邀嘉宾参会。那次,他主动跟我打招呼,并为我签赠了一本自己的散文集《泥土的声音》。回西安后,我邮赠给他一本我的散文集《梦回乡关》和由我策划主编的《当代扶风作家散文选》。5月份,他与绛帐政府部门人士取得联系,在西府诗人鲁翔的陪同下,带着一个60多人组成的天水市作家团来到扶风县采风。那次,我因故未能回老家陪同,心里甚感歉意!不想,这次在天水市与白先生再次相见,感觉十分亲切。我们在饭桌上交谈了大概半个小时,他为我赠送了一本他编著的地方文史集《铁堂峡》,一本他参与校对的《秦风雅颂:诗歌中的天水》,还有两本由他参与编辑的天水苏蕙文化研究会会刊《织锦台》。这新一期《织锦台》杂志,我大致浏览了一遍,其中收录的大多是上次天水作家在扶风县采风的文章。我并未参加此次文化交流活动,但其中却收录了我的一篇拙作,心中特别感动。饭后,我们在客房里又交流了三个多小时,收获良多。

天水自古就是丝绸之路的必经之地和兵家必争之地。这里有大地湾遗址、伏羲庙和麦积山石窟等著名旅游风景区,我最想去的就是麦积山石窟,可是他们因为迫于时间,着急赶路,没有在天水逗留,因此我也就错失了一次去看麦积山石窟的机会,心中甚是遗憾!

二

第二天早晨7点多,我们一吃过早饭就上路了。

透过车窗远眺,高速公路两旁是连绵不断的焦黄或略微发红的山峦。山崖不高,植被少,只有少许山表上长着星星点点的芨芨草,到处是被雨水冲刷出来的深刻明显的沟壑。高速公路边就是渭河,河面狭窄,水流细小。已经行驶了很久,路边的风景几乎一直也没有多少变化,我的视觉不免有些疲劳,很快便迷迷糊糊地睡着了。

等我一觉醒来,我们已先后经过甘谷、武山、陇西、渭源、临洮等县。文师傅说,快到兰州了,我忽然想起在原兰州军区工作的扶风乡党屈军强老师,便在微信上给他留言,结果半天没有回应。接着,我又发了一条手机短信,还是没有任何回应。我想,屈老师应该是在忙着呢,还没有看到我的信息,便没有再去打扰他。

兰州是古丝绸之路上的一个重要节点城市。兰州的历史甚为悠久:秦置陇右郡,汉置金城郡,隋置兰州,历代皆为兵家必争之地。时至如今,它更是西北重镇,交通枢纽:陇海、兰新、兰青、兰包诸条铁路线,均奔驰而来,交会之后又各奔东西。关于兰州的得名,有两种说法:一说来自于夹峙着它的一山一河,即皋兰山(兰)和黄河之滨(洲);一说古时的兰州四季如春,盛产兰花。

去年8月中旬,我曾应邀去甘肃省渭源县参加了渭源县政协召开的渭河文化联谊会活动,因为订的返程票是兰州至西安,所以便从渭源县转道至兰州市,在这座甘肃省的省会城市里待了一天一夜,对于这座城市的印象还是很不错的。

要说吃食,让我印象最深的就是兰州牛肉拉面了。我是一个地道的"老陕",从小就爱吃各种面食,比如:扯面、棍棍面、削筋面、刀削面、拉条子拌面等,这些面食一般是不带汤水的。带汤的面,我只喜欢三种:一种是我们西府扶风、岐山一带的臊子面,一种是杨凌的裤带面,还有一种就是兰州的牛肉拉面。但说句实话,我在陕西的时候,尽管喜欢吃兰州拉面,但平时吃的次数并不多,因为我感觉一种地方的名吃一旦离开了其发源地,其做法和口味就会变得不那么正宗了。记得上次到兰州之后的第二天早上,我的一位在兰州某学院工作的高中同学王建平专门带我吃了一次正宗的兰州牛肉拉面,和我之前在西安吃的真的是不大一样,味道真是好极了!

兰州牛肉拉面,亦称兰州清汤牛肉面,是"中国十大面条"之一,是甘肃省兰州地区的清真风味小吃,以"汤镜者清,肉烂者香,面细者精"的独特风味和"一清(汤清)、二白(萝卜白)、三红(辣椒油红)、四绿(香菜、蒜苗绿)、五黄(面条黄亮)"赢得了全国各地顾客的好评。坊间传说,兰州牛肉拉面起源于唐代;目前有史料记载,兰州牛肉拉面始于清朝嘉庆年间,由甘肃人马六七从国子监同窗怀庆府清化镇苏寨人陈维精处学成后传入兰州,后经陈维精后人陈和声、马保子等人统一了兰州牛肉面的标准。其制作的五大步骤无论从选料、和面、饧面,还是溜条和拉面,都巧妙运用了所含成分的物理性能,即面筋蛋白的延伸性和弹性……

从白塔山上俯瞰兰州城

这次，我们行至兰州服务区时，都感觉肚子有些饿了，就顺便在餐厅里吃了一顿午饭。我们几个吃的都不一样。我要的是兰州牛肉拉面和酿皮。但这次在兰州服务区吃拉面，感觉似乎没有去年在市区里的那家馆子里的好吃，但比起西安的还是要好一些的。酿皮，我还是第一次在兰州见到，也是第一次吃，看起来貌似陕西的凉皮，只是比陕西的凉皮厚了一些，软了一些，颜色略微发黄，吃起来口感瓤和，只是味道差了一些。

吃过午饭，正要上车，我忽然接到了屈军强老师的电话。他说："上午在单位开会，刚看到你发来的短信，你现在哪里，中午我请你们吃个饭。"我说："我们一行几人刚才已在兰州服务区吃过饭了，因为行程安排得比较紧，马上又得继续赶路了。"他说："那是这吧，我过两天准备去趟乌鲁木齐，有机会咱们可以在那边见一面。"我说："好吧，咱们过去再联系！"

一路向西，车窗外仍是连绵不断的光秃苍凉的山谷。汽车在高速公路上疾驰，我不知不觉就进入了梦乡。一觉醒来，还在车上，甚感无聊，从背包里取出了前几天刚在西安嘉汇汉唐书城买来的著名文化学者肖云儒先生新近出版的文化随笔集《丝路云履》，津津有味地品读起来。

在这本书中，我看到一篇题为《兰州听河》的文章。肖云儒老师用九个字概括了他对兰州的印象——金之地，河之魂，兰之秀。他还对这三组关键词进行了一番解释："金之地，不只是这里原称金州，挖出过金矿，更是因为甘肃正举全省之力打造丝绸之路黄金段，这是远比金矿灿烂的财富。河之魂，当然是说黄河是这座城市的魂魄，决定了它的风格气度。兰之秀，是说它不但形似兰叶之修长，而且有兰花的淡雅幽香的内在气质。"

去年兰州之行，虽然逗留的时间很短，但在王建平同学的陪同下去滨河路散步，所以有幸一览黄河边上的风情，见到了羊皮筏子、水车及黄河母亲雕像，还听到了当地人原汁原味的"花儿"对唱。第二天，王建平陪我吃过兰州牛肉拉面之后，因为工作忙，没能再陪同我，便安排他多年前的一位学生、某旅行社的导游马丽女士，陪我参观了甘肃省博物馆，经过了黄河铁桥，攀登了白塔山……

甘肃省博物馆位于兰州市七里河区，是一座综合性的博物馆。其前身是1939年由中英庚子赔款董事会组建的甘肃科学教育馆。该馆建于1956年，建筑面积2.1万多平方米，展览面积1.3万多平方米。收藏有历史文物、近现代文物、民族文物、古生物化石及标本35万余件。其中涵盖了从白垩纪的古生物化石标本到旧石器、新石器时代的彩陶，从商周以来的青铜器、陶瓷玉器到汉唐的丝绸,宋、元、明、清的瓷器、木雕、丝织品、绘画。其中尤其以馆藏彩陶、汉代简牍、文书、汉唐丝绸之路珍品、佛教艺术粹宝最为突出。该馆曾先后被评选为"全国爱国主义教育基地"和"全国科普教育基地",2012 年底荣升为国家一级博物馆。

黄河铁桥,俗称"中山铁桥""中山桥",位于兰州市滨河路北侧的白塔山下、金城关前,它不仅是兰州历史悠久的古桥,也是5464 公里黄河上第一座真正意义上的桥梁,因此被称为"天下黄河第一桥"。据说,中山铁桥前身是明洪武五年(1372)宋国公冯胜在兰州城西七里处建的浮桥。至明洪武九年(1376),卫国公邓愈移浮桥至西 10 里处,称"镇远桥"。明洪武十八年(1385),兰州卫指挥杨廉将浮桥移至今日位置,至今遗存重 10 吨、长 5.8 米的铸铁桥柱"将军柱"三根。清光绪卅三年(1907),清朝政府在兰州道彭英甲建议和甘肃总督升允的赞助下,动用国库中白银 30.6 万余两,由德商泰来洋行喀佑斯承建,美国人满宝本和德国人德罗任技术指导,天津人刘永起为施工负责人,施工人员以德商聘来的 69 名洋工华匠为主,全部建桥材料是从德国走海运到天津,再由甘肃洋务总局从天津转运至兰州。铁桥历时三年建成,长 233.33 米、宽 7 米,初名"兰州黄河铁桥",1942 年改为"中山桥"。1954 年,人民政府进行了整修加固,又增加了五座弧形钢架拱梁,使铁桥显得坚固耐用,气势雄浑。

中山桥头留影

白塔山是因山头有一座元代白塔而得名。白塔山山势巍峨起伏，蟠结城郊，有拱抱金城之势，山上坐落着始建于元代的白塔寺。据记载，元太祖成吉思汗在完成对大元帝国疆域统一过程中，曾致书在西藏拥有实权的萨迦派法王（喇嘛教派之一，俗称“花教”）。当时，萨迦派法王派一位著名的喇嘛去蒙古拜见成吉思汗，但到了甘肃兰州，突然因病逝世。不久，元朝下令在兰州黄河北岸修了一座白塔作为纪念。如今元代所建的那座白塔已经不存在，现存于世的白塔是明景泰年间（1450—1456）镇守甘肃的内监刘永成重建。清康熙五十四年（1715），巡抚绰奇补救增新，扩大寺院的规模，寺名为“慈恩寺”。寺内白塔塔身为七级八面，上有绿顶，下筑圆基，高约 17 米。该塔的外层通抹白灰，刷过白浆，故俗称“白塔”。白塔建成后，虽几经强烈地震，但屹立未动……

马丽女士带着我从中山大桥上穿过，上了白塔山。白塔山上建了一座公园，里边林木繁茂，花草飘香，曲径通幽，广场、亭阁、廊道处多有运动、休憩和游览的市民及游客。我们沿着东边弯曲的缓坡上了山顶，终于见到了传说中的白塔。不巧的是，白塔外面的门上了锁，不得而入，我只能站在外面瞻仰，听她这个专业的导游口头讲解。接着，我们朝西边走去，一路上还参观了三教祠、三官殿、三皇殿、兰州碑林、草圣阁、文昌宫、魁星阁等景点。下山后，我在黄河铁桥北头看见一个书摊，买下了三本书：《西归直指》《物犹如此白话选》《纪文达公笔记摘要》，作为兰州之行的留念。

因为曾去过一次兰州，对兰州情况有所了解，因此，我颇为认同肖老师的观点。与肖老师一样，我也认为：兰州的特色风情就是黄河风情。去年的那趟兰州之行，我首先看到的、印象最深的就是黄河风情，只因自己生性疏懒，未能写下什么游记文字，只在数月之后写了一篇题为《想起兰州》的诗歌，也算是对兰州之行的一点纪念吧：

白云在头顶
悠悠飘游
黄河在脚边
轻轻流淌
一排排羊皮筏子
在夕阳下泛着透亮的油光
一个陌生的长安客

漫步在岸边

柳荫间飘来
三炮台的清香
草坪上泛起
一阵花儿的歌韵
古老的水车
不知疲倦地诉说
一个陌生的长安客
漫步在岸边

在黄河母亲的雕像前
默然垂首
仿佛已然身在故土
华灯初上
夜市上飘来烤肉的香味
朋友要带我去正宁路上喝酒
但眼前的黄河水
已让我沉醉不知归路

走在长安的街头
常想起兰州
想起多云的
多柳的
多水车的
多羊皮筏子的
八月的兰州
黄河岸边的风情哟
在我的心头
久久荡漾

三

离开兰州收费站,我们继续走着连霍高速公路,下午 5 时许到达了西宁。一路奔波很是疲惫,但我们没有下高速到市区,而是直接去了塔尔寺。

塔尔寺位于青海省西宁市西南 25 公里处的湟中县鲁沙尔镇,是国家 AAAAA 级景区,是中国藏传佛教格鲁派(俗称黄教)创始人宗喀巴大师的诞生地,是青海省首屈一指的名胜古迹和全国重点文物保护单位,亦是青海省佛学院的最高学府,现设有显宗、密宗、时轮、医明四大学院(经院)。它始建于公元 1379 年,距今已有 600 多年的历史,其主要建筑依山傍塬,分布于莲花山的一沟两面坡上。

文师傅说:"我曾多次到过塔尔寺,今天不想去了,开了一天的车,感觉累得很,你们过去好好转转吧,我睡觉呀!"于是,李瑛便带着我和那两位女实习生下了车。

我们穿过一条商业步行街,来到了塔尔寺门前的一个宽阔平坦的广场。时至黄昏,夕阳的余晖穿过密布在天空的棉花一样洁白的云朵洒照下来,金碧辉煌的塔尔寺、白色尖顶的八宝如意塔远远地看上去肃穆而壮观,让人惊叹。

塔尔寺正门前的广场上游客如织,好不热闹!有很多人在这里散步、赏景、拍照,其中还夹杂着一些身穿暗红色衲袍的喇嘛。李瑛一会儿用手机拍照,一会儿用单反相机摄影,忙得不亦乐乎。我也拿出手机,一连拍了十几张相片。李妍和殷肖肖用手机和平板电脑拍了景色还嫌不够,又各自租来一套藏族女袍,让我和李瑛轮番为她们拍下了十几张不同造型的倩影。接着,我借来这两位女生的哈达,搭在我和李瑛的脖颈上,让她俩为我们拍了几张合影。

从寺院大门进去，一座座雕梁画栋的佛殿迎面而来，各个殿中香火旺盛，经声盈耳。来塔尔寺的游客大多是佛教信徒，不管他们对佛教的信仰有多深，但来到这里，几乎没有不在佛像前叩拜的。塔尔寺是一座藏传佛教名刹，其叩拜的礼仪与内地有所不同。我站在一座佛殿神龛前看了半天，学会了这套叩拜仪式，便给功德箱里捐过功德，接着双手端起一盏酥油灯，点燃后举过头顶，闭目暗自许愿，再放到佛案上；然后站在佛像前，双手合十，由头及口及心，分别停顿三次，最后跪在蒲团上，双手摊开，掌心向上，叩拜三下……

与内地汉族寺院不同的是，塔尔寺的佛殿外边的廊道下有着一排排大大的转经轮。这些转经轮由黄铜铸成，外面刻着藏文，据说里面装着佛教经书，斤两很重，转起来挺费气力。按照藏传佛教对生命轮回的诠释，信众进入寺院里必须顺时针方向拨转经轮一圈，顺时针是凡夫俗子离开尘世走向彼岸的最佳通道。一米多高的转经轮在一个接一个信众的转动下，“吱呀”地转动着，好似空灵的梵音在空中波动，流布四方。我们也跟在其他人身后，伸手转起那些快要停顿下来的转经轮，心中默默祈求着幸福。

莲花山上的塔尔寺

我们没有专门请导游，是自己进去随意去游览的。塔尔寺里的旅游团很多，我们时不时地会从这些带团的导游那里听到一些零星的讲解。从这些导游的口中我得知，塔尔寺是中国西北地区藏传佛教的活动中心，在中国及东南亚都享有盛名，历代中央政府都十分重视其宗教地位。明朝时期，朝廷曾对寺内上层宗教人物多次封授名号。清朝康熙皇帝赐有“梵宗寺”称号，并为大金瓦寺颁赐了“梵教法幢”匾额。三世达赖、四世达赖、五世达赖、七世达赖、十三世达赖、十四世达赖及六世班禅、九世班禅和十世班禅，都曾在塔尔寺进行过宗教活动。

塔尔寺又名“塔儿寺”，得名于大金瓦寺内为纪念格鲁派(黄教)创始人宗喀巴而建的大银塔，藏语称为“衮本贤巴林”，意思是“十万狮子吼佛像的弥勒寺”。这座寺院自建立之日起，慢慢完善了一套自己的寺院宗教组织系统和行政组织系统。

我们看到，几乎每一座佛殿的廊檐下都有不少信徒在青石地上虔诚地磕着等身长头，供奉大银塔的佛殿外边的尤其多。从他们的穿着打扮来看，大多数都是远道而来的藏族牧民。等身长头是一种全面匍匐的磕头方式，也叫“五体投地”，据说这些信徒大多要这样磕十万个头，以此来表达自己对佛的虔诚参拜。磕等身长头的场面我是第一次亲眼看到，深切地感受到佛教已经成了这些藏人生活的一部分。听说，很多信徒为了来塔尔寺拜佛，一路上是磕着等身长头而来，并将自己毕生攒下的钱财全部都捐在这座圣地。他们的信仰之虔诚和意志之坚强实在令人感动！也许，在这些信徒看来，塔尔寺已绝非世俗之地，它是连接俗世和佛天的一个界面，在远离喧嚣贪欲的环境之中，用其一生的时间去瞻仰和朝拜，平心地静待着下一个虚幻而未知的美满轮回。

转完塔尔寺，令我惊奇的是其高低错落、气势壮观的汉藏风格相结合的佛教建筑群——在这片占地面积 45 万平方米的喇嘛教寺院里，共有大金瓦寺、小金瓦寺、大经堂、弥勒殿、九间殿、花寺、居巴扎仓、丁科扎仓、曼巴扎仓、大拉浪、大厨房、如意宝塔寺等 9300 余间(座)。

在转塔尔寺的过程中，我们发现里面到处都悬挂着经幡。经幡，藏语称“隆达”，汉语直译“隆”为风，“达”指马，故亦称“风马旗”，其含义指“风里传播经文的无形之马”。经幡是一种印在布或纸上的经文、佛像和吉祥图案，颜色分为五种，各自具有其象征意义。白色代表纯洁善良，红色比喻兴旺刚猛，绿色显示阴柔平和，黄色象征仁慈博才，蓝色专指勇敢机智。经幡源于原始祭祀文化，藏区人民逢年过节、喜庆生辰，都要悬挂经幡，以祈祷天地人畜吉祥。它是藏区的一道独特的风景线，传达了藏人对苍天的无限敬意。

但令我印象最为深刻而且特别值得一说的就是塔尔寺“艺术三绝”——酥油花、壁画和堆绣。

酥油花，是用酥油混合各色颜料制成的油塑艺术品，一般做成后可保持一至两年，其造型多为佛菩萨、法器，花卉、山水、建筑、飞禽走兽和佛经故事图像等造型，做工精细，色彩浓丽，形象栩栩。关于酥油花的来历，传说纷纭，有一种说法是这样的：当年，宗喀巴在西藏学佛成功后，想在佛前献花表示自己的敬意，但当时在西藏正逢严冬，没有鲜花，宗喀巴便用酥油捏成一朵花，供在佛前。从此，弟子们纷纷效仿，渐成风气。酥油花的制作过程非常艰辛，尤其是制作的季节必须要选在冬季，作坊内还不能够生火，以保持低温，由于酥油遇温稍高便会融化，僧人在制作时若手温升高，就要将双手浸入冰冷的水中去降温，其艰苦程度可想而知。制作时一般是先搭架子，之后捏成各种形象，需要上色的部分预先就将颜色掺入酥油内揉好。

壁画多用石质矿物颜料，大多绘于布幔上，内容主要为经变、时轮和佛陀等，色彩艳丽、线条鲜明、形象奇特，富有浓郁的印藏风格，外行人往往百思不得其解。塔尔寺里的壁画很大一部分描绘的是藏传佛教形成过程中的神话和寓言故事。小瓦寺里的壁画具有藏传佛教壁画的代表性，这些壁画中的动作常被寺庙僧人在宗教节日中加以模仿。而其狰狞的面目形象则用来对犯规僧人在心理上形成压力，因为塔尔寺中处罚犯戒僧人的地方即在这个院落。

堆绣好像刺绣一样，是用各色绸缎剪成所需的各种形象，如佛像、菩萨、天王、罗汉、尊者、花卉、鸟兽等，然后以羊毛或棉花之类充实其中，再绣在布幔上，具有很强的立体效果。听身边一位导游讲，堆绣是塔尔寺僧侣们独创的一门传统艺术，因为堆绣制作比较复杂，工艺要求又高，现在塔尔寺中已很少有人能制作了。

塔尔寺广场的三个僧人

大约两个小时之后，我们沿着佛殿外的一条大路依依不舍地走出了塔尔寺。

在寺前的广场出口，碰到当地一个推销纪念品的妇女，她手拿着一个小巧的转经筒，我一问才15元，便买了一个，算是一种念想吧。在赶赴西宁市的路上，我一直转动着那只小巧的转经筒，霎时间，那洁白的尖塔、辉煌的大殿、红袍的喇嘛、多彩的壁画、绝传的堆绣、精美的酥油花……一一清晰地浮现于我的脑际。于是，我在手机上写下了这样一段文字：

有客自长安而来，虽未磕下十万个等身长头，却愿拨转三千经筒，抛却三千烦恼，增长几许智慧和福运……

半小时后，我们到了西宁市区。

西宁市，古称"西平郡""青唐城"，取"西陲安宁"之意。这座城市位于青海省东部，湟水中游河谷盆地，是青藏高原的东方门户，古丝绸之路南路和唐蕃古道的必经之地，自古以来就是西北交通要道和军事重地，素有"西海锁钥"和"海藏咽喉"之称。它是青海省第一大城市，亦是整个青藏高原最大的城市，是国务院确定的内陆开放城市，是世界高海拔城市之一。西宁历史文化源远流长，拥有得天独厚的自然资源，绚丽多彩的民俗风情，是青藏高原一颗璀璨的明珠，曾先后荣获"全国卫生城市""中国特色魅力城市200强""全国优秀旅游城市""全国园林绿化先进城市"等荣誉称号。

在前往西宁的路上，我已经通过电话联系到了大学同学高浩杰。他得知我和朋友即将来到西宁，就为我们在八一宾馆预订了几间客房。我们在房间里休息的时候，在西宁市某国有企业从事会计工作的扶风老乡汪雄飞看到了我在微信上的留言，专程前来与我同聚。那两位同行的女研究生会见大学同学去了，我们四个男人便去附近一个名叫"乡巴佬"的饭店吃了一顿饭，借着酒兴畅叙了一番乡情。汪雄飞是我们扶风县午井镇人，年长我11岁，也是一个长期业余坚持写作的人，时有文章发表在省内外的一些报纸杂志上，其文字质朴细腻，颇有乡土气息。去年，我在策划主编《当代扶风作家散文选》时，他投了两篇文章，都被我选上了。这是我们第一次见面，因为是老乡，又都喜欢写作，所以聊得很投机。

晚饭快结束时，高浩杰带着我的另一位大学同学严荣赶了过来。13年没见了，我们三个老同学在西宁市相会，那种感觉分外亲切！他俩将我和李瑛带到高新区一个朋友开设的私人会所里，大家坐在一起，吃着瓜子，喝着外国红酒与啤酒，聊得非常开心。通过交流，我才得知高浩杰现在是西宁市一家星级酒店的总经理，而且刚刚获得"西宁市城东区最美青年"荣誉称号；严荣前些年做过煤炭生意，这两年主要从事土建承包经营，赚了不少钱，现在业余喜欢搞收藏，对古玩颇有研究。我为他俩这些年所取得的这些成绩感到高兴。令我颇为惊讶和感动的是，在我原来的印象中，严荣是一个不喜欢学习的人，也是一个不爱好文学的人，没想到竟然当面一口气背出我十几年前所填的一首连我自己都没背下来的词作《凤凰台上忆吹箫·雪》。我没想到他竟然看过我的那本手抄本诗集，而且记忆力这么强，真是让我刮目相看了！我一时兴致颇高，和他们几个频频举杯。因为同时喝了红酒和啤酒，又喝得快而猛，所以我很快就被灌醉了。后来，我被他们糊里糊涂地带到外面的一家饭店里。两位同学见我醉了，便点了汤饭和烤肉，说吃点东西会舒服一些。我当时只觉得头晕眼花，歪坐在饭桌旁，听着他们呜里哇啦地狂聊，一点也吃不下去。等他们吃完之后，我已经醉得一塌糊涂，啥都不知道了，被李瑛搀回了宾馆。

回到客房后，我终于支撑不住了，一头栽倒下去，呼呼大睡起来。半夜起来，吐了好几次，头脑才清醒过来。

我关掉灯，躺在床上，抽了一根烟，静静地聆听窗外瓢泼的雨声……

四

清早，我们从八一宾馆出来时，雨还下得很大，感觉有些冷。

我们开着汽车走了十几分钟，找到一家清真饭馆，吃了顿青海牛肉拉面，顺便又在附近加油站给车加了油，然后离开城区，沿着湍急奔涌的湟河旁边的高速公路，奔青海湖而去。

快下高速公路时遇到一个小路口，那条通向山上的小路边跨立着一道简易的小门楼，横额上写着“日月山景区欢迎您”几个大字。停了车，我们下去察看了一个究竟。路口边的一块平地上扎了一个蒙古包，不远处拴着两只白色的牦牛。两三个藏族人站在帐篷前瞅着我们，嘴里呜里哇啦地说着什么，好像是叫我们骑着牦牛去照几张相。我站在路边的渠塄上仔细瞅了一下，发现拴牦牛的地方挂着一块小木牌，上面写着：照相十元。这里除了帐篷、牦牛和旁边的一小片乍开的油菜花之外，似乎也没有什么特别的景致。

牦牛我还是第一次见到，所以感觉很新奇，便站在旁边仔细观察了很久。据说，牦牛是世界上生活在海拔最高处的哺乳动物，作为雪域高原特有品种，被称作“高原之舟”。牦牛驯化很早，早在《山海经·北山经》中就有记载：“有兽焉，其状如牛，而四节生毛，名曰旄牛。”牦牛体表毛长而密，四肢短而粗健，性情温驯，具有极强的耐力和吃苦精神，对于世代沿袭着游牧生活的藏民来说，具有不可替代的重要作用，成为民族繁衍生命与力量的源泉。广为流传的藏族神话故事《斯巴宰牛歌》中这样说道：斯巴（宇宙的意思）宰小牛时，砍下牛头扔在地上，便有了高高的山峰；割下牛尾扔道旁，便有了弯曲的大地；剥下牛皮铺地上，便有了平坦的草原。这是藏族先民对其崇拜的图腾牦牛神化的必然结果。

日月山下的藏民和牦牛

我们在这里逗留了四五分钟，随意拍了几张相片，便钻进车里，继续行进了。

前边的路是盘旋的缓坡，我们的汽车向前缓缓驶了一阵儿，翻过一座浑圆无骨的绿色小山头，下了高速公路，转到了另一条弯曲的公路上。根据路旁的标识牌显示，我们已进入了日月山景区。

日月山，藏语叫“尼玛达哇”，蒙古语称“纳喇萨喇”，皆是太阳与月亮的意思。这座山坐落于青海省湟源县西南40公里处，属祁连山的一个分支，长约90公里，平均海拔4000米左右，是青海湖东部的天然水坝。因山岩呈现红色，古时称为“赤岭”。

日月山不但具有恢宏的历史意义，也具有重要的地理意义。据史料载，这里历来是内地赴西藏大道的咽喉，早在汉、魏、晋，以至隋、唐等朝代，都是中原王朝辖区的前哨和屏障，因此素有“西海屏风”“草原门户”之谓。日月山的地理意义在于，它位于我国季风区与非季风区的分界线上，地处黄土高原与青藏高原的叠合区，是青海省内外流域的天然分界线，划分了农耕文明与游牧文明。

说到日月山，不能不提到文成公主和松赞干布和亲的故事：公元7世纪，以松赞干布为首的吐蕃雅隆部落兼并了其他部落，在逻些（今拉萨）建立了吐蕃王朝。松赞干布被推为赞普后，十分钦慕大唐王朝的繁荣与文明，曾几次派使通聘问好，还多次向唐太宗请婚，但未能如愿，遂于贞观十二年（638）率军进攻松州（今四川松潘），结果被唐军击退，历史上称之为“松州之战”。兵败后，松赞干布遣使者到长安谢罪，并派大相禄东赞备厚礼到长安再次向唐太宗请婚。翌年，在唐送亲使江夏王李道宗的护送和吐蕃大相禄东赞的伴随之下，唐太宗的宗室女文成公主由长安出发，途经西宁，翻过这座日月山，到达吐蕃，嫁给松赞干布，由此开创了唐蕃交好的新时代……

汽车的速度慢下来，我们都在目不转睛地欣赏外面的风光。公路两边是连绵起伏的绿油油的低矮平缓的小山。山势不高，坡面很缓，坡上沟内长满丰茂旺盛的沾着雨水的青草。一路上，不时会看见路边扎着帐篷，成群的牦牛在山坡上慢慢地移动着。每走一段路，都能看见当地藏人临时设置的照相点，很多外地游客出于好奇在那里摄影留念。

没多久，就到了日月山景区广场。我们一块下车溜达了一圈。这边好像也刚下过一场雨，天上铅云密布，风大且冷，冻得人直打哆嗦。我们在广场逗留了几分钟，在附近的高原草甸上拍了几张照片，很快就撤离了。透过车窗，可清晰地看见两座相距不远的小山头上各有一座亭子。据说那就是日亭和月亭，上面有壁画。日亭上的壁画主要讲述了藏王松赞干布派大臣禄东赞赴长安请婚，以及请婚过程中禄东赞以大智大勇力排诸难的逸事；月亭的壁画主要介绍了文成公主入藏后从中原带去物质与精神文明的传播情况。因为我们今天是冲着青海湖而来的，所以便没有在这里逗留多久。

在去往青海湖的路上，我们经过了一个名叫倒淌河的小镇。

小镇的中心有一个数百平方米的文化广场。走到广场跟前，我们在路边停下了车子。文化广场入口立着一块巨石，上面刻着几个红漆大字：青藏高原第一镇。广场中央有一座高大的大理石雕塑，这是文成公主双手合十面向东方的造型，底座上写着四个红漆大字：古道流芳。在刻字的巨石旁边有一条通向文成公主雕像的直道，两边是青青的草坪，还有几根浅咖啡色的文化柱。广场上除了我们几个，再没有什么人。我将目光穿过广场，看到广场左边的街道边有不少的店铺馆舍。我们站在文成公主雕塑下拍了几张相片之后，就上了车。

走了一会儿，我给文师傅递了一根烟，然后问道：“这个小镇为何叫倒淌河？”文师傅说：“倒淌河是一条发源于日月山、依靠雪融水和雨水的季节河，原本是一条向东流入黄河的外流河，后因日月山隆起，河水向西注入青海湖畔的措果（耳海）。大家应该都知道，自古以来就有‘一江春水向东流’的说法，唯独此河比较奇怪，由东向西流淌，故得名‘倒淌河’。因为这个小镇位于倒淌河边，顾名思义叫‘倒淌河镇’，它是青藏公路、青康公路的交会枢纽，向西直奔西藏，向南通达四川。”

李瑛连续几年都来过青海湖，知道得也比较多，他说，关于这条倒淌河有好几个传说，其中有一个与文成公主有关：当年，文成公主进藏，经过唐蕃分界日月山时，回首不见长安，西望一片苍凉，内心悲痛，泪流成行，于是形成了这条倒淌的河流……

他们四位都是搞地质工作的，关于这条河流的形成，自然是比较认同前一种说法，而我则更喜欢这个与文成公主有关的传说。在我看来，再优美如画的景色，如果少了一些传说和故事，还有多少意思呢？

汽车驶离倒淌河镇后在南北两座相距不远的大山之间的一条柏油公路上奔驰，两边是一片茫茫的大草原。也不知走了多久，我看到公路右边远处的山峦突然就中断了，兀自冒出一大片若近若远的青蓝色块。那片青蓝色块由小渐大，有一种立体感，它连接着天地，感觉时而似乎悬挂在天上，时而又好像是贴在地上。李瑛用手指着那片青蓝色块所在的位置大声喊道：“看呀，那就是青海湖！”这一声呐喊打破了车内长久的寂静，大家的目光都像被一块巨大的磁铁吸了过去，齐刷刷地瞅向了青海湖。

文成公主雕像

青海湖，蒙语叫库库诺尔，藏语叫错温布，意为“青色的湖”。它位于海北藏族自治州海晏县境内，距西宁市 150 公里，面积约 4500 平方公里，湖面海拔约 3200 米，湖水冰冷且盐分极高，是我国最大的内陆湖泊，也是我国最大的咸水湖。

青海湖与我们脚下的公路之间隔着将近一公里路程，环绕在公路与青海湖之间的是一片片油菜地。这一路的油菜花开得正好，金灿灿、黄澄澄的，非常惹眼！我觉得青海湖的青蓝与这近处的油菜花的金黄搭配在一起，简直是一幅美妙绝伦的油画，那种纯净之美让人不敢用力呼吸。

在这条绕湖公路上，不时能看到戴着小头盔穿着冲锋衣的、猫着腰使劲蹬着没有后座的自行车的年轻男女。公路右边一畦又一畦的油菜花地里不时有外地游客，这里一组，那里一群，摆着各种姿势在疯狂地拍照留念。这些拍照的人群里女士居多，她们应该都是城里人，穿着打扮比较时髦，脖子上系着的或手中撑开的彩色丝巾在猎猎大风中飘动。

我们被油菜花地里拍照的那些人的热情和活力给感染了，也在路边停了下来。文师傅说他经常来青海湖，对这里的景色早已审美疲劳了，所以便没有下车，独自待在车上休息。我们四个人下了车，走到地头看了一下地形，我看见每隔一段地，就有一条直接通往青海湖边的土路，这些路完全可以通过一辆汽车，只是刚刚下过一场雨，田间的阡陌有些泥泞，汽车走起来多有不便。

眼前的这方油菜地里栽着一块写着“青海湖留念”红色字样的牌子，有几个中年妇女正在那里留影。等她们快照完时，我们才朝那边走过去。地头坐着一个50岁左右的男人，说是进地里照相要交30块钱。这么美的景色，不拍点照片留作纪念实在说不过去！我们便爽快地交了钱，立即像一条条快活的鱼儿一样游进了油菜花海之中。看到这一望无垠的黄灿灿的油菜花，我们开心极了，各自摆出各种各样的造型，疯狂地拍照留念。景色实在太美，我们都开心得差点忘记了时间。要不是文师傅等得不耐烦，不停地在车里按喇叭提醒，我们几个还真不知会在这里逗留多久呢！

青海湖畔

继续前行了一阵儿,才到了青海湖的尽头,那里有一个很大的湖湾,路边建了很多游乐场所,游人特别多。李瑛问道:“还过去玩吗?”他们几个都曾经去那里玩过,说那里没啥意思,这次不去了吧!文师傅便立即掉转了车头,朝倒淌河镇方向疯狂地驶去。在这条来时的路上,我蓦然想起了著名诗人海子在1988年写的那首著名的诗歌《青海湖》:

这骄傲的酒杯
为谁举起
荒凉的高原

天空上的鸟和盐 为谁举起

波涛从孤独的十指退去
白鸟的岛屿,儿子们围住
在相距遥远的肮脏镇上

一只骄傲的酒杯
青海的公主 请把我抱在怀中
我多么贫穷,多么荒芜,我多么肮脏
一双雪白的翅膀也只能给我片刻的幸福

我看见你从太阳中飞来
蓝色的公主 青海湖
我孤独的十指化为天空上雪白的鸟

五

到了倒淌河镇上，我们在路边找到一家回民清真饭馆，各人要了一碗汤饭，然后围坐在那里喝水、聊天。他们聊的更多的还是青海湖，各自说着曾去青海湖旅行的经历和见闻。我在一边听得很仔细，只恨自己到了青海湖边，却没有能够亲近那片青蓝色的湖水。不知是谁说到青海湖上的鸟儿很多，多到几十万只聚集在那里，每年的 4 月间来，7 月前飞往南方，这使我想起了昨晚见过的那位叫严荣的大学同学。记得在 2000 年时，他从西宁的老家回到学校，曾给我送过一张明信片，它的正面就是一张青海湖的鸟岛，湛蓝平静的湖面上密密麻麻地飞翔着许多鸟儿。我查了有关资料，才知道鸟岛位于青海湖西部环湖西路边，分为一大一小两座岛，大的名叫海西皮，小的叫海西山，因在鸟类产卵期间遍布鸟蛋，也称蛋岛。鸟岛是青海湖边的鸟类天堂，每年春夏之交会有数以十万计的鸟类来此栖息，十分壮观，是游客们观赏青海湖的主要景区之一。

吃罢午饭，汽车拉着我们在柏油路上狂奔，进入了大通县境内。不知不觉，汽车驶在了一条平坦山谷间的乡间公路上。

瞬间，我们仿佛进入了另一番天地。

临窗远望，这里天气晴朗明媚，道路两边不远的山上草木茂盛，湛蓝澄澈的天空飘荡的云朵像藏民手中敬献的哈达一样洁白。突然，我觉得自己好像正行走在西安市南边的秦岭山中一样。山峦和公路之间是一片片的庄稼地，有些地里种着青稞，有些种着油菜，有些种着土豆，有些种着甘蓝。越过一片庄稼地之后，公路边出现一片白杨林，林下长着短短的青草，低洼处有着浅浅的积水。也许是因为刚下过一场雨吧，白杨林里格外幽静透明。这些白杨树的粗细和高低相当,横看成排,竖看成行,十分齐整。林间的小溪旁有成群的绵羊在悠闲从容地啃着如茵的青草。打开车窗,一股清冷的风儿扑面而来。除了耳边呼呼的风声之外,听不到其他声音。我用手机上网查了一下,原来这大通县位于青海省东部的河湟谷地之中,在祁连山下边,是青藏高原和黄土高原的过渡地带。怪不得眼前这片安静但充满勃勃生机的世界,让我竟有一种置身秦岭山中的悠然感觉。

过了新庄镇、宝库乡,原本平直的公路变得蜿蜒曲折。正走着,一道高高的大石坝横挡在眼前,上面写着几个大字:黑泉水库。至大石坝下面时,汽车向右拐去,慢慢努力地爬上了一道陡峭的长坡。到达坡顶之后,公路左边有一个大大的水库呈现在眼前,正是黑泉水库。库里面的水满满当当的,明媚的阳光投照在平静的水面上,一抹深绿令人心醉神驰。汽车在这条公路上行驶了好几公里,还没看到水库的尽头。我们很想立刻停下来拍照,但那段山路拐弯太多,不时有车辆过往,文师傅怕出事故,没敢停车。然而,等路况稍好些之后,却与水库失之交臂了,竟惹得车上的两位女士连连叹息。

中国西部真是一个神奇的地方,总能给你带来意外的惊喜。

当两位女士在为错过水库而叹息时,很快就有另外一片美景迎面扑来了!

公路左边出现一个宽阔的峡谷,清浅的河流两边到处是丰茂肥美的青草,一群又一群绵羊和马儿在那里悠闲地吃草。抬眼望去,对面的山头上长满挺拔的雪松,一朵朵造型奇特的白云懒散地躺在树梢上打盹儿……天上白云如雪,两边青山连绵,峡谷绿草如茵。天、山、谷融为一体,峡谷里羊马成群,有动有静,动静结合。

眼前的景色让我们惊呆了!不等我们要求,文师傅主动在路边停了车。

他说:“这里景色美得很,快下去看看吧!”

大家一边欣赏美景,一边用手机拍照,忙得团团转。十几分钟后,我们都面带微笑站在水泥柱旁边,以蓝天白云、高山河谷为背景拍了几张照片,这才满意地离开了。

李瑛坐在车上一边翻看自己刚拍的照片,一边高兴地说道:“这儿景色真是太美了,随便拍一张照片都能做明信片了!”

我从李瑛手里抢过相机翻看,最后说道:“这些照片用来做电脑桌面,也是很养眼的。”

大通县内的峡谷

公路开始逐渐有了坡度,海拔也越来越高。

达坂山隧道猛然出现了,这条隧道入口的路牌上显示此处海拔为3792米。

李瑛说:"穿过这条隧道就是门源县了,一会儿大家会看到百里油菜花海,这是丝绸之路上的一段最美的油菜花海!"

过了隧道,我以为会很快看到大片的油菜花海,可是眼前出现的却只是山顶上的皑皑白雪。他们又下车拍雪景去了,我刚下车,风太大,冻得人直打哆嗦,便又回到了车上。也许是因为太冷,他们也没有逗留多长时间就回车上了。

往前行驶了大约一公里路程,到了一个很大的拐弯处。拐弯处有一大片平地,文师傅踩了刹车,将火熄了。他第一个冲下车,大声兴奋地喊道:"这里有好景,大家赶快去看啊!"于是,我们四个人立即穿上外套,拿着相机和手机跑到公路边去看景。

山下是一望无垠的黄灿灿的油菜花海啊!长这么大,我还是第一次看到美得如此动人心魄的油菜花。在夕阳的照射下,我们眼皮子底下的油菜花,这一片,那一块,金灿灿的,黄澄澄的,令人迷醉不已!上午在青海湖边看到油菜花海时,我心里很是惊喜,毕竟是初次看到那么大面积的油菜花盛开的景象。而此时,站在半山腰上俯瞰门源县百里油菜花海,觉得它的立体感和层次感更强,心里不禁暗自称奇。拍了几张风景照之后,我的情绪越来越高涨,望着远处山顶的皑皑白雪和山底的灿灿花海,忍不住将双手凑到嘴巴跟前呈一个喇叭状,憋足了一股气,大声呐喊起来:“啊——啊——啊——”我一连喊了好几声,感觉积压胸中已久的闷浊、浮躁之气陡然排出了体外,浑身上下一下子松泛极了!我迎着猛烈寒冷的风,张开双臂,闭着双眼,想象着自己是一只雄鹰,正在这美丽神奇的百里花海上空自由欢快地飞翔……

听说,门源县的百里油菜花海是久负盛名的,这是很多来西部旅行的游客们的必到之处。在很多地方,过去也是种油菜的,比如我们关中平原上。不过在我的印象中,关中的油菜花种植面积很小,这儿一小块,那儿一小片,没有形成规模化的自然景观,所以显得极为稀松平常。油菜花,单看一两株,其实也是很普通不过的,然而当它们一片连一片且随着地势的高低起伏和错落有了一定的层次感之后,景色就令人惊艳了。

门源县的百里油菜花海的美,是文字难以精确描述的,只能用自己的眼睛和心灵去慢慢地感受。

我对着山下百里油菜花呐喊

拐过一道弯,汽车便开始下坡了,我们渐渐进入了百里花海的怀抱中。

一直走了大概半个小时,才到了山底的平地上。车开得很慢,我们都在近距离地欣赏油菜花的风姿。

“哇塞,这里的油菜花真是太美了!”李妍开心地说道。

“是呀,美得简直无法形容了!”殷肖肖大声说道。

李瑛打开车窗玻璃,将自己相机的镜头对准外边啪啪地拍。

过了一阵儿,文师傅用那种搞怪的语气调侃起来:“呀,你们几个跟没见过世面的碎娃一样,这油菜花有啥看的嘛,在我们老家那边过去多的是。”

殷肖肖说道:“切——你们乾县的油菜花能和门源县的百里花海相比吗?”

文师傅笑了笑说道:“是这,你如果真的喜欢门源,我们就把你留在这里,给你找一个婆家,你就年年能看到这么多油菜花了。”

李瑛也开了一句玩笑:“这主意好啊,是这,我做主了,把肖肖留到这里,我们明年过来看你就有人招待了。”

“哈哈……”大家都狂笑起来。

这里是一个宽阔平坦的盆地,油菜花就长在公路边的坡地上,一畦一畦的,伸手可触。其实,这里除了油菜花之外,还有山地牧场,帐篷和羊儿随处可见。

过了浩门河,走了不到一公里,是一个镇,此镇名叫青石嘴。

文师傅说:“这个小镇距离门源县城还有20多公里呢,天快黑了,咱们今晚就住在这个小镇上吧!”

李瑛说:“住在这个小镇上也好着呢,比较清静,咱们明天早上直接就从这里上路,不用再从县城折回来。”

那晚,我们就在这片美丽的百里油菜花海包围的青石嘴镇上的一家私人宾馆里住了下来。吃饭时,我们听当地人说,7月的门源县是人间的天堂,每年7月18—25日,当地政府都要举办一届隆重的油菜花节,届时还有青海特有的花儿会场,男女老少齐聚城台,一起唱歌、赏花……花儿又叫“漫花儿”“少年”,是流行于西北地区的一种多民族民歌,因歌词中常将青年女子比喻为花儿而得名。花儿起源于甘肃临夏,广泛流行于甘、青、宁、新等地区,唱词浩繁,内容涉及劳动生产、历史传说和爱情故事,文学艺术价值很高,被人们称为“西北之魂”。

记得去年8月中旬那次到兰州,王建平同学陪我在兰州市黄河边散步时,我们在岸边草坪上见到过一对中年男女在唱歌,很多市民在那里围观,并不时鼓掌叫好。建平同学告诉我,这就是甘肃的花儿。我听了半天都没有听懂那两个人所唱的歌词内容,但他们的歌声悠扬抒情,令我印象非常深刻。

六

青石嘴镇的早晨很冷。我们在一家清真饭馆里喝了一顿羊肉汤，才觉得身子暖和了一些。

由小镇往北走，一条公路直向远处一个"八"字形的大山口里插去。公路左边的山峦距离公路稍近一些，山峰低矮浑圆，从山顶到公路边被青草覆盖，那分布在草地上的羊群远看如夜幕中的星灯，又似绣在一张绿色大地毯上的白花。公路右边的山峦稍远一些，但山势较高，从山腰至山顶上覆盖着一层皑皑白雪，因此显得格外惹眼。左右两列山峦虽然相距不是很远，却各自显示出不同的风貌和气象。公路右边至雪山之间是一大片开阔的油菜地，路边不时可见养蜂人住的简易帐篷，旁边的空地上摆着一只只蜂箱。停了车，我们在油菜花田里拍照留影。蓝天、雪峰、村舍、油菜花，这几种元素自然地融在一起，美得让人不忍离去！

汽车往前行驶了没多久，路边是一片开阔的牧场。草地上遍地是牦牛和绵羊，一直延伸到雪山底下。文师傅再一次停下了车，我们一起步入了牧场。牧场边上原本有一大群牛羊，可等我们几个人的脚步刚一踏上牧场，它们却慢慢地朝雪山那边移去。我们继续往里走，它们也继续往里移动，好像有意与我们保持距离。牧草长势不错，偶见野花绽放其中。花草间的牛羊粪便很多，这儿一坨，那儿一摊，稍不小心就会踩上去。两个女生的心性似乎有些野，脚步很快，比我们三个男人还走得远些。她们在那里时而追逐蹦跳，时而拍照留念，开心得像孩子一样。我们三个男人走在一起，不时轮换着拍照……

再次上路了。转过一道大弯，公路边出现一个路牌，提醒我们前边多少米处是祁连山1号隧道。公路呈上坡之势。李瑛说："我们马上就要爬祁连山了,海拔越来越高,温度也越来越低,请大家情绪保持平静,不要紧张,以免出现高原反应。”

祁连山脉位于中国青海省东北部与甘肃省西部边境,由多条西北—东南走向的平行山脉和宽谷组成。因其位于河西走廊南侧,又名南山。东西长800公里,南北宽200~400公里,海拔4000~6000米,共有冰川3306条,面积约2062平方公里。据说,祁连山之名是古代匈奴语,意为“天之山”。迄今为止,游牧在这里的匈奴人的直系后裔——尧熬尔人仍然叫祁连山为“腾格里大坂”,意思也是“天之山”。

上了祁连山,全是盘旋迂回的道路,一边是逶迤横亘的山崖,一边是高深险峭的山沟,车速放缓了很多。山上白雪连天,眼前云霭飘荡,感觉如临仙境。打开窗子,风儿在耳边嘶吼,寒气扑面而来。行至海拔为3767米的景阳岭垭口处,路边的一大块平地上有一座彩色的敖包,不远处还立着一道写着“祁连”两个红色大字的界石桩。有几个路人停了车,在那里拍照留念。我们也将车停在了路边。李瑛特意测了一下温度,零下几摄氏度。尽管我们下车之前穿上了外套,但还是感觉寒气逼人。他们几个到敖包前照相去了,我嫌那边地面上被踩出了湿泥,怕弄脏了鞋子,就没有过去。他们在那边欣喜若狂,我一时不知从哪里来的豪情与热情,竟不顾寒冷,脱掉了外套,仅穿着短袖,蹲在那道“祁连”石桩跟前,喊来李瑛为我拍照。

李瑛在祁连山顶留影

祁连山真是一座神奇的山脉。山中天气阴晴不定,植被景色也是变化多样。我们在驱车攀越的过程中,既看到过白雪皑皑的山峰,也看到过水草丰茂的谷地。《中国国家地理》杂志(2006 年第 3 期)曾就祁连山对中国的意义有着这样的描述:“东部的祁连山,在来自太平洋季风的吹拂下,是伸进西北干旱区的一座湿岛。没有祁连山,内蒙古的沙漠就会和柴达木盆地的荒漠连成一片,沙漠也许会大大向兰州方向推进。正是有了祁连山,有了极高山上的冰川和山区降雨才发育了一条条河流,才养育了河西走廊,才有了丝绸之路。然而,祁连山的意义还不仅于此。”

来到祁连山,我不禁想起了一代西汉名将霍去病。以前,我读过一些史书,知道霍去病发迹于祁连山。霍去病仅仅活了 24 岁,但在短暂的人生旅途中曾六次出击匈奴,以显赫的战绩受封为“冠军侯”“骠骑将军”,与其舅父卫青齐名——这一切几乎都与祁连山有关。在西汉名将霍去病、卫青、李广等将领的不断出击下,汉匈奴单于稽首臣服,为举世闻名的丝绸之路的开辟和发展提供了条件。据《史记·卫将军骠骑列传》记载:元狩元年(前 117),霍去病突然夭逝,汉武帝十分痛惜失去这位有勇有谋的年轻将军,便“发属国玄甲,军阵自长安至茂陵”,用殊礼送葬,“以冢像祁连山”。霍去病墓位于咸阳市北原上,距汉茂陵仅一公里左右,是汉武帝最重要的一座陪葬墓,是中国最早的山形封土的墓葬。汉武帝将其墓修成祁连山形状,以歌颂他抗击匈奴的功绩,使后人千古瞻仰。汉武帝的茂陵及霍去病墓,虽然距离西安不远,但我一直没有机会前往拜谒。不想,竟提前一睹了祁连山风采,踏上了霍去病征战的足印。

翻过祁连山,又是甘肃地界,地势忽然变得平坦如砥,天气也变得晴和明朗起来。走在这段平直的乡间公路上,我的心情格外舒畅。眼前的地理风貌与八百里关中平原极为相似,公路两边各是一溜儿白杨树,从公路到南北两座距离甚远的山峦之间是一片平川沃野。田野里种着多种农作物,这儿一块青稞,那儿一片油菜……有些地里还间种了薰衣草和中草药。

赶在 12 点半之前,来到民乐县城。我们在民乐一中旁边的一家小饭馆吃了顿便饭。菜单上写着一种面食叫“炒炮”。出于好奇,我们每人要了一碗。我是第一次听说这种面食,感觉很好奇,便立即在网上查了一下,才知道这是张掖市的一种地方特色面食,也叫“炒炮仗子”,是深受当地人青睐的家常饭。炒炮的做法比较讲究,是先把面块搓成筷子般粗的圆面条,然后揪寸段儿,下到开水中煮熟,捞出来再与蔬菜相拌炒熟,外加卤肉即可食用。因其寸段面条形似鞭炮,故又名“炮仗子”。

等了大约半个小时,我们的炒炮终于上桌了。我在动筷子之前仔细端详了半天，觉得这种面食的外形跟陕西的棍棍面很像，只是被厨师弄成了只有四五厘米的短节儿。

离开民乐县城，我们从一条普通公路上向张掖高速公路收费站开去。快到收费站时，我看见右边几公里外有一座城市，他们说，那就是张掖市。张掖和武威是古丝绸之路上河西走廊内两个最重要的城市，故有"金张掖，银武威"一说。因为我们没有经过武威，也没到张掖滞留，所以对这两个地方我没有任何直观印象，只是以前在书籍中看到过一点资料，略知其历史。

武威即凉州，古称"姑臧"。霍去病曾在这里两次大破匈奴，俘获匈奴祭天金人，直取祁连山，张扬了大汉帝国的武功军威，故而得名。据说，鸠摩罗什当年从西域龟兹国来到此地一住就是16年，组织译经，开凿石窟，然后一路东去长安，沿途弘扬佛法，以致陇西至天水一带成为中国佛窟、寺院最多的地区。

张掖古称甘州，甘肃省"甘"字的由来地，其名取"断匈奴之臂，张中国之掖"之意，此地素有"桑麻之地""鱼米之乡""河西第一城"之美誉。张掖很早就是一个经济商业城市，在我国的海上交通开辟之前，所有对外交流都是经过丝绸之路的。地处河西走廊中部重要地位的张掖，南有祁连山，北临黑河，为中西交通之所必经，所以这里曾是名副其实的全国最大的国际贸易大市场。据史料记载：大业五年（609），隋炀帝杨广西巡至张掖，在这里会见了27个国家的君主和使臣，还亲自主持举办了一场盛况空前的万国博览会。元朝时，张掖曾被设为甘肃行省的省会。意大利著名旅行家马可·波罗在前往上都途中，曾在甘州停留一年，并在其撰写的《马可·波罗游记》中记述过张掖的富庶、城市的规模以及宗教寺庙的宏伟。

宋史中有这样的记载："甘、凉诸州，地饶五谷，尤宜麦稻。岁无涝旱之虞。"后来，随着海上丝绸之路的开通，曾经为中国第三大城市的张掖逐渐走向了没落，只留下耀眼的余晖在历史的长河中。

从张掖高速公路收费站进去以后，一直往西走就是闻名古今的河西走廊。

河西走廊，又称"雍凉之地"，东起乌鞘岭，西至古玉门关，南北介于南山（祁连山和阿金山）和北山（马鬃山、合黎山和龙首山）之间，长约1000公里，宽数公里至近百公里，是中国内地通往新疆的要道，是中西文化交流史上的一条黄金通道，是丝绸之路的咽喉。因为这里为东南—西北走向，地势狭长平阔，形如走廊，被称甘肃走廊；又因位于黄河以西，为两山夹峙，故又称河西走廊。

西汉时，汉武帝曾在河西走廊设立过四郡（武威、张掖、酒泉、敦煌），戍兵屯田,所以这里算是汉朝经略西北的军事重镇。正是因为其地位的重要,这里历代为兵家必争,是著名的古战场。西汉初期,河西走廊是匈奴人游牧的地方。张骞初次出使西域时,就是在这一带被匈奴骑兵队抓获,软禁了十年。匈奴单于为了软化、拉拢张骞,进行了多种方式的利诱,甚至给他娶了一个匈奴妻子,生下了一个儿子。元光六年(前129),有一天,张骞趁匈奴人监视有所松弛,瞅准机会逃离西去……在东归途中,又在这一带被匈奴骑兵俘获,扣留了一年多。元朔三年(前126)初,他趁匈奴为争夺王位发生内乱之际,逃回到长安。张骞初次出使西域,共历时13年,出发时是100多人,回来时仅剩下他和匈奴人向导堂邑父两人。

一路上,经过张掖、临泽、高台、酒泉等地……汽车几乎一直是行走在两列连绵荒凉的山峦夹峙中的茫茫戈壁滩上,可看到有忽粗忽细时深时浅的干涸了的河床痕迹,盐碱滩地上零星地长了些红柳、骆驼刺、芨芨草,阳光照在沙砾上,反射出一片白晃晃的刺眼的亮光,整个戈壁滩上显出一种干旱沉寂的萧索景象……河西走廊大部分是沙漠戈壁,实在是太干旱了!我想,要是能将祁连山上长年累积的雪水引灌过来,这里就会是一片广袤肥沃的绿洲了。

至酒泉时,我们的汽车从市区穿越而过,大家只是在一座公园附近上了趟厕所,没有多停留。我站在路边环顾了一下,这座城市的街道很宽敞,绿化情况不错,只是路上的行人车辆很少,显得格外安静。

酒泉,古称"肃州",是丝绸之路上的重镇,是现在的甘肃省面积最大的城市,也是甘肃省名"肃"字由来地。东汉应劭云:"城下有泉,其水若酒,故曰酒泉。"唐颜师古曰:"旧俗传云:城下有金泉,泉味如酒。"据史料记载,元狩二年(前121),霍去病进军河西,于当年秋天打垮浑邪王,将匈奴残部追逐到玉门关外,把中原几十万人迁到河西酒泉等地居耕,揭开了此地文明昌盛的新篇章。

下午5点多,我们来到古今闻名的嘉峪关,目睹了"万里长城第一雄关"的独特风采。

嘉峪关古称璧玉山,以美玉得名,意为"美好的山谷"。自秦朝以后,因其地理位置的重要而成为兵家必争之地,故有"河西咽喉"和"边城锁阴"之谓。至汉代,嘉峪关和玉门关成为西域边陲的两个重要关隘,也是古代丝绸之路的要冲。其实,在汉代,嘉峪关地区虽是东西方商贾旅行的通道,但当时并未设关,只设立过玉石障;到五代时,曾在嘉峪关附近的黑山脚下设过天门关,后来又渐被废弃。明代初年,征虏大将军冯胜看到这里南面有祁连山,北面有龙首山、合黎山与祁连山对峙平行。过了甘州，地势逐渐开阔，形成一个大平原；再过肃州，地势又逐渐收缩，南北两山对峙，形成一道峡谷，势如瓶口。于是，冯胜就据此天险建筑了嘉峪关。

嘉峪关是万里长城西端的起点，始建于明代洪武五年（1372），历时168年方完工。它由内城、外城、城壕三道防线重叠并守之势，壁垒森严，与长城连为一体，五里一燧、十里一墩、三十里一堡、一百里一城，是明代长城沿线建造规模最为壮观，迄今保存最为完好的一座古代军事城堡。

我们登临的是关城。关城以内城为主，周长640米，高约10米，面积2.5万平方米。内城开东西二门，东为光化门，西为柔远门，城里有将军府、官井、关帝庙、戏楼、牌楼和文昌阁等主要建筑，二门之外皆有瓮城回护。城墙由黄土夯筑成，上面有箭楼、敌楼、角楼、阁楼、闸门楼共14座。走进关城，近观这些古老的城郭楼台，只见砖土一色，气氛静穆肃然，仿佛自己回到了历史之中，是一名古代的将士，正担负着戍边的重任。

从入关到出关，我们穿越这座兵家必争之地用了近一个小时。站在古城墙上，眺望四周，漠漠黄沙，一望无际，一股历史的苍茫雄浑之感在心底油然而生。如今，嘉峪关外早已没了刀光剑影和战马嘶鸣，有的只是络绎不绝的中外游客的身影和感叹，还有那些被风沙剥蚀的千年烽燧的残迹。夕阳之下的关城西城门外停着一支专供游客留影的驼队，一股猛烈的大风从茫茫的戈壁滩上吹来，耳畔响起一阵清脆的驼铃声。我手搭凉棚向远方眺望，忽然想起西汉张骞两番出使西域的故事，一股壮怀激烈的情绪涌上心头……

嘉峪关关城

离开嘉峪关，风变得越来越猛烈，无垠的戈壁滩上到处栽着风力发电机，一个个白色的三叶风轮在空中从容地转动着，守望着漫天遍野的死寂和荒凉。看不到一个人，也看不到一棵草，这里像是被上帝遗忘的地方。汽车在戈壁滩上疯了一样向前狂奔，轮子在公路上发出撕心裂肺般的叫声……行驶了120公里之后，我们从玉门市高速收费站下去，沿途忽然看到了村庄、房舍和树木，以及成片的向日葵……生命的迹象终于回归了！我的心里不再孤寂和绝望。

那晚，李瑛的一个常住在玉门市的同事老赵热情地接待了我们。老赵是一个酒鬼，带我们吃饭之时路过一家酒铺，他还专门打了一壶十斤散装的敬酒。那晚，大家聊得很开心，老赵兴致颇高，喝得有点多。

在回宾馆的路上，听他们讲，玉门原先还有一座老城，我们当天所到的其实是玉门新市区。老城区是什么样子，我没有亲眼见到，但眼前的这座新城给我的印象是：街道宽、平、直、净，两边多植垂柳和柏树，只是来往人丁车辆稀少，远不及一座关中的小镇热闹繁华。

据说，玉门曾是丝路重镇，藩夷之障，塞上之屏。肩祁连而傍疏勒，锁走廊而望陇东。汉武帝时筑关设郡，历朝兵戈不息。"左公植柳三千里，春风始叩玉门关。"1939年，地质工程师孙健初等人在这里钻井开矿，举世闻名。玉门生产的油品，为抗日战争、解放战争及新中国的建设都做出了特殊贡献。从1960年起，玉门油田曾先后向全国各油田输送了大批的骨干力量和大量的机械设备，被誉为中国石油工业的摇篮。据说，仅从玉门油田走出去的后来成为省部级领导干部、两院院士的就有20多人。"铁人"王进喜最早就是在玉门油田工作，后来被调入大庆油田，成为工人阶级的杰出代表，从而享誉全国。1955年，此地因油矿而设市，后来因为资源渐贫，生活基地迁至酒泉，老城渐空了。历时三年开发建设后，于2006年举市迁址，一座现代化的玉门新城在河西走廊最西端拔地而起……玉门石油人曾以其艰苦奋斗的精神书写了一个经久不衰的传奇，相信玉门精神、铁人精神会永远传承和延续下去，激励后世子孙奋勇前进，再创佳绩！

说到玉门，我立即想到了唐代王之焕的那首脍炙人口的诗句："黄河远上白云间，一片孤城万仞山。羌笛何须怨杨柳，春风不度玉门关。"同时，还想起李白的《关山月》："明月出天山，苍茫云海间。长风几万里，吹度玉门关。"便问大家："玉门关距这里还有多远？能不能过去看看？"文师傅说："玉门新市距离玉门关还有近400公里，距我们明天要去的敦煌也有80公里路程。"一听还有这么远的路程，我便不再吭声，打消了要去一趟玉门关的念头。

七

得知今日目的地是敦煌莫高窟时,我的内心特别激动。

敦煌,是一个充溢着神秘气息的地方,是一个令人心驰神往的地方,因为那里有举世闻名的莫高窟。

最早知道敦煌莫高窟是在 1995 年。那年,我偶然读到著名作家余秋雨的文化散文集《文化苦旅》,通过《道士塔》《莫高窟》两篇文章了解到些许与敦煌和莫高窟有关的历史文化。从那时起,我心里便萌生了一个愿望:有机会的话,我一定要去看看敦煌莫高窟。去年 8 月途经兰州时,接待我的高中同学王建平和我曾有一个约定:2015 年夏天,有机会一起去莫高窟旅行。这次虽然没有同他一起过来,但毕竟将要实现自己的夙愿了,心里的欢喜难以形容!

我们是早上 8 点从玉门市出发的。汽车在高速公路上行驶得太快,文师傅一不留神就拐错了道口,结果跑到了瓜州县收费站前。他立即掉转车头,再次向敦煌奔驰。而我也是一时粗心大意,误将高速公路收费站门楼上的"瓜州"二字看成了"瓜洲",在听了李瑛对瓜州情况的介绍之后,草率地在自己的微信朋友圈发了这样一个段子:"此'瓜洲'非彼'瓜洲'也!王安石在《泊船瓜洲》一诗中所言之瓜洲在长江以北,扬州以南;而小弟今到之瓜洲在河西走廊西端,此地最早设立安西都护府,清雍正时设安西卫,民国二年(1913)设安西县。2006 年改称瓜洲县,据说原因有二:安西谐音为'安息',不吉不祥;此地为塞上绿洲,盛产蜜瓜,故而更名为'瓜洲'……"

天气本来就热,一路上又尽是戈壁滩,人老感觉口里干渴。当我正在念叨是否能吃到瓜州之瓜时,高速公路边突然冒出两个搭了简易棚的瓜摊,案板上分别陈列着西瓜、蜜瓜、哈密瓜、伽师瓜,白、黄、绿多种颜色搭配在一起,显得特别诱人！我们下去挑了一个大西瓜，切开来吃了。尽管哈密瓜、伽师瓜也不错，但我们还是选了西瓜，因为它水大，更解渴。西瓜原本就是生长在西部的一种瓜，它在全世界瓜的品类中最为甜爽，种植区域也比较广泛，因而深受很多人的喜爱。著名作家贾平凹曾说过："西瓜是种出的无数的泉。"这个比喻很有诗意，也很恰切。

因为我一直分不清蜜瓜和哈密瓜，便在吃瓜时向那位年轻的卖瓜娘求教。她笑着说："蜜瓜不是哈密瓜，蜜瓜肉软，哈密瓜肉脆。"其实，我在西安时常吃这两个"瓜货"，但从来没有意识，也弄不清二者的区别。这回总算整明白了。李瑛看了我的微信朋友圈，说我写的瓜洲的"洲"字好像不对。他叫我最好去瓜摊棚子下面看一下。我走进瓜棚，看见里面有很多装东西的商品纸箱，上面所印的当地地名一律写作"瓜州"。我惊讶地问道："'洲'字左边的三点水何时蒸发了？"抬头望了一眼路标，也是写为"瓜州"。哦，原来是自己刚才弄错了！我怕人失笑，赶紧在微信朋友圈发了这样一句话："瓜州"与"瓜洲"，一字之别，两地之差，何止千里耶！

吃了西瓜之后，我们继续顶着烈日，迎着大风，疾驰于茫茫的戈壁滩上。

11∶30 左右，敦煌终于到了。我们兴冲冲地赶到莫高窟景区门口，但因慕名来此观光的游客太多，景区每天仅限售 6000 张门票，未能如愿进入。据景区工作人员讲，要游览莫高窟，现场只能预订三天后的门票，网上只能预订 12 天后的门票。千里奔驰，来到敦煌，不就是为了一睹莫高窟的风采吗？但因没有买到现成的门票，我们只能眼巴巴地站在售票大厅前边的广场上，看着别人乘着大巴车向南边几里之外的莫高窟方向驶去。

到达莫高窟景区之前，我在汽车上特意读了带在身边的肖云儒老师新书《丝路云履》中关于莫高窟的文字，上面这样介绍道："敦煌，包括莫高窟、西千佛洞、安溪榆林窟，共有石窟 735 孔，壁画五万多平方米，是我国乃至世界壁画最多的石窟群。可以说，敦煌凝聚着丝路精魂。在元代以前的几百年里保存较好，藏经洞被一个叫王圆箓的道士发现后，斯坦因、伯希和、奥为登堡等外国探险者先后潜入，陆续盗买和骗购走了大量经卷和壁画……"

那天，我们到了敦煌，却未能进入莫高窟一睹佛像雕塑与飞天壁画，这可谓此次西行一大憾事。我万般无奈地枯坐在售票厅外路边的矮石桩上向东南方眺望，对着几里之外的茫茫戈壁滩上的莫高窟遥寄思慕之情，默默地在心底说了一句："莫高窟，来日方长，我们后会有期吧！"

李瑛见大家有些失望,提议:"咱们去鸣沙山月牙泉景区吧!"于是,文师傅又拉着我们向西疾驰了半个小时。赶到这里的时候,12点差一刻,太阳正晒得毒辣。文师傅说他已经去过多次,不想再去了。我们考虑到他开车辛苦,便让他找个阴凉地方好好休息一下。殷肖肖可能是因为怕晒,说她也不想去。于是,李瑛带着我和李妍过去了。

由停车场到鸣沙山口,还有一里的水泥路,路边有很多介绍鸣沙山和月牙泉的宣传牌。据资料记载,鸣沙山在汉代被称为沙角山,从晋代开始才叫鸣沙山。清代《敦煌县志》将"沙岭晴鸣"列为"敦煌八景"之一。这里地处甘肃省敦煌市南郊七公里之外,在巴丹吉林沙漠和塔克拉玛干沙漠的过渡地带,面积大约200平方公里。据唐代李吉甫撰写的《元和郡县图志》记载:"鸣沙山,一名神沙山,在沙州城(今敦煌市)南七里,其山积沙为之,峰峦危峭,逾于山石,四面皆沙陇,背如刀刃,人登之即鸣,随足颓落,经宿风吹,辄复还如旧。"通过史料记载可以看出,鸣沙山有两个奇特之处:一是,人若从山顶下滑,脚下的沙子会呜呜作响;二是,白天人们爬沙山留下的脚印,会在第二天痕迹全无。

站在景区广场上向南边远眺,眼前是一片浩瀚的沙漠丘梁。没有风,高大荒凉起伏的沙峰在烈日的暴晒下泛出金灿灿的光芒。第一次目睹沙漠景象,我有些胆怯了。天气如此炎热,一旦进了沙漠,能坚持下来吗?幸好背包里准备了两瓶水,心里才略有一些底气。我想,只要有水应该没多大问题。看到李瑛和李妍都戴着帽子,为了防止中暑,我便在游客服务中心买了一顶牛仔帽。为了不让沙子灌进鞋子,我们也都各自租了一双橙色的防沙脚套。

李瑛、李妍和我骑着骆驼穿越鸣沙山

鸣沙山面积广阔，沙丘很高，徒步走完得花相当多的时间和气力。景区为游客们提供的备选代步工具有四种：直升机、电瓶车、卡丁车和骆驼。我们三个人经过商议，最终选择了骆驼。骑骆驼每人费用100元，价钱虽然不低，亦比较原始，在我看来却最具浪漫情怀。

我们所骑的骆驼正好和我们每个人的体量成正比。我们爬上了驼峰，由一个20多岁的当地小伙子牵着，慢慢向一道沙梁那边走去。刚开始，李瑛所骑的那只老骆驼走在最前边，李妍的走在中间，我在后边压阵。可还没走多久，领头的那只骆驼不好好走了。于是，我的骆驼便冲到前边当了先锋。骆驼是认路的，我没太用绳子抽它屁股，它就那么不紧不慢地向前走着。骑在驼背上，缓缓地向前走着，忽然觉得日子原来可以过得如此悠慢从容。我是平生第一次进沙漠，也是第一次骑骆驼，感觉很新奇，内心激动不已。一路上，我频繁地拍照，碰到其他骆驼队，还大声地呐喊，并热情地向那些陌生的朋友挥手问好。

我们在那道沙梁底下绕了一个弯，来到距离月牙泉不远处的一块空地上。领队的那个小伙子说："终点到了，往前稍微再走一段就是月牙泉了。"出于好奇，我向那个小伙子问了一些关于骆驼的情况。小伙子说："骆驼一次能吃约25公斤食物，喝10公斤水。吃一次食可以15天不再吃东西，喝一次水可以7天不喝水。"他还说，"骆驼平时所吃的东西和马差不多，但在沙漠之中，它的速度和耐力是马所远不能及的。"

从骆驼上下来时已过正午，火辣狠毒的太阳烤得我们满脸通红，嗓子干渴。这时，耳畔悠悠地飘来一首熟悉的老歌：

就在天的那边　很远很远
有美丽的月牙泉
它是天的镜子　沙漠的眼
星星沐浴的乐园……

这是著名歌星田震的那首曾红透大江南北的直抵心灵的《月牙泉》。啊，多么美妙的旋律，多么纯净的歌词，经由田震那略带沙哑和野性的嗓音唱出来，尽显了月牙泉独有的风情和魅力。

不远处一棵大榆树旁边正好有一块草坪，草坪上有一个厕所，我们便过去洗漱了一下，喝了些瓶装的矿泉水，赶紧又朝月牙泉方向走去。一路上双脚陷入沙中较深，走起来特别费劲。看见前边不远处的月牙泉时，我突然来了精神，兴奋地在沙地上踢腾跳跃，让李瑛给我抓拍了好几张照片。月牙泉正好处于两座高大的沙丘之间的一块小绿洲上。左边是一大片凸起的高台，长有青草，中间还铺了水泥路，路边栽着几棵红柳和榆树，一条廊道连接了几座仿古的楼阁台榭，看起来好像一座公园。我在月泉阁上看到了这样一副对联：

泉涌通星宿　静水印月晓澈　依旧天下名泉此第一

风复初世上　奇山再无双山　势接昆仑沙动成韵宿

读罢对联，我心悦如莲。坐在廊道的阴凉处歇了一阵脚，喝了几口水，然后走下台阶，欣赏月牙泉去了。

记载月牙泉的文献最早可追溯到东汉的《辛氏三秦记》，上面如此写道：“河西有沙角山，峰崿危峻，逾于石山，其沙粒粗色黄，有如糒。又山之阳有一泉，云是沙井，绵历今古，沙不填足。”此后，《北堂书钞》《元和郡县志》《太平寰宇记》皆有记载。一直到唐、五代时期，月牙泉仍称“沙井”；直到清雍正朝，始见“月牙泉”之名。清代《甘肃省通志》有言：“渥洼泉，形式逼肖月牙，音也类似，故特转呼为月牙泉也。”又说：“其水澄澈，环以流沙，虽遇烈风，而泉不为沙掩盖，名迹也。旧传，水产铁背鱼、七星草，服之可长生，但不时见。土人亦呼为药泉。”月牙泉，南北长近100米，东西宽约25米，泉水东深西浅，最深处约5米，因其外形酷似一弯新月，因而得名，被誉为“沙漠第一泉”。据说，这里在汉代时就是游览胜地，被清代《敦煌县志》列为“敦煌八景”之一，得名“月泉晓澈”。

关于月牙泉的形成，有一个传说：很久很久以前，鸣沙山里有一座雷音寺，周围的村民虔心供奉，烧香礼佛，也在神佛的保佑下过着安居乐业的日子。谁知好景不长，有一年四月初八，寺里按例举行一年一度的浴佛节，当佛事进行到洒圣水环节时，方丈端出一碗祖传圣水放到门前，刚念完一句“柳瓶水溢唾甘露”，忽然来了一位外道术士，要与其斗法。原来此人上月曾来雷音寺走动，因出言狂妄，蛮横自大，被方丈轰了出去，便怀恨在心，要进行报复。术士曾在终南山学过道，练就了一套呼风唤沙的本领，便仗剑作法，口中念念有词，霎时间，只见狂风肆掠，飞沙走石，黄沙汹涌而来，竟把雷音寺埋在了沙底。奇怪的是,寺前那碗圣水却仍安放在原地,术士使尽浑身解数,碗内始终不进粒沙。术士无奈,只好悻悻离去,刚走了几步,忽听轰隆一声,那碗水半边倾斜变成一湾清泉,术士则变成一堆黑色顽石。原来这碗水本是佛祖赐予雷音寺住持,专为人消灾除病的圣水。由于外道术士作孽,残害生灵,便显灵惩罚,使碗倾泉涌,于是便形成了月牙泉。

站在高处远望,月牙泉好像丢在沙漠里的一个巨大的月牙形的亮闪闪的蓝色宝石,充满了魅惑。走到跟前去看,月牙泉的周围长了很多一人多高的芦苇,岸边还装了木栏杆。我趴在栏杆上俯瞰这一汪泉水,感觉它是那样幽静安详,若一位绝世的处子静卧于香榻之上,平静的湖面上纤尘不染,却使游人心旌摇荡不已……

月牙泉

天气实在太热了,加之肚子饿得咕咕直叫,我们在月牙泉边逗留了约十分钟,便依依不舍地离开了。艰难地徒步走到景区广场入口,我看了一下表,我们在这里已不知不觉地度过了三个小时。

鸣沙山月牙泉风景区,古往今来以沙漠奇观而闻名全国。著名作家余秋雨曾在《沙原隐泉》一文中如此大为赞美:“茫茫沙漠,滔滔流水,于世无奇。唯有大漠中如此一湾,风沙中如此一静,荒凉中如此一景,高坡后如此一跌,才深得天地之韵律,造化之机巧,让人神醉情痴……”

从鸣沙山月牙泉景区出来后,我们驱车到敦煌市里吃了一顿午饭,赶在日落之前抵达柳园镇。李瑛单位一帮驻扎在当地的同事热情招待了我们。

八

柳园是甘肃省西端的一个小镇，隶属瓜州县管辖。此镇是1958年铁路通车以后兴起的一个戈壁城镇，东迎嘉峪关，西通新疆哈密，南接敦煌，北与马鬃山相连，是连接甘、青、新、藏四个省区的陆路交通枢纽，素有“旱码头”之称。这里地域广阔，虽无农业，却有着非常丰富的矿产资源。目前，这里已经探明的可供采选和冶用的贵重金属、金、银矿24处，有色金属矿12处，黑色金属矿20多处，非金属矿23处。

清晨7点多，我们从西安过来的四个人和那几个驻扎在柳园镇的朋友一起踏上了进疆之路。

我们自柳园镇出发，上了连霍高速公路，经过星星峡之后，进入新疆的哈密市境内。忽然，我感觉像是来到了月球一样，一路上全是戈壁滩，滩地几乎全是砂砾，没有一棵草，没有一棵树，没有一条河，也没有一只鸟，满眼皆是苍茫荒寂的景象。坐在车窗旁，看着外边的单调景象，我有种恍若隔世的感觉。汽车在逶迤曲折的公路上发疯般地疾驰，我被摇来摇去，渐渐进入了梦乡。等我醒来之后，睁眼去看到了什么地方，结果一看还是在沙漠戈壁之中，心里不免感到枯闷。忽然，我看到一小片草原，还看到了几只藏羚羊和野骆驼。我立即就像见到了亲人一样，心里怦然激动起来，但车没有停下来，藏羚羊和野骆驼很快从我的眼边溜了过去。瞬间，我有一种怅然若失的感觉。

这条高速公路上行驶的车辆极少，两边也很少见到村庄和人影。我们的汽车发了疯般地向前狂奔，似乎要逃离什么，又似乎是在追赶什么。

经过一碗泉服务区时，我们一看都下午1点多了，便在一家回民饭馆里吃了一顿正宗的新疆拉条子拌面。

过了鄯善之后，便接近吐鲁番了。听说，在这一段境内有一个著名的吐峪沟景区，那里有个千佛洞，曾是高昌王国全力经营的佛教重地之一。他们嫌路远便没有过去，继续走着高速公路。走着走着，公路两边开始出现连绵不断的赤红色山丘。他们说，这就是神话传说中的被孙悟空三借铁扇公主的芭蕉扇扇灭了冲天烈火的火焰山。火焰山古称赤石山，它是吐鲁番市最著名的一个旅游景点。该山由赤红色砂、砾岩和泥岩组成，当地维吾尔族人称之为克孜勒塔格，即“红山”之意。因为那天是多云天气，所以山体呈焦红色，并没有我想象的那样热烈刺眼。透过车窗远远望去，火焰山的山峰平均高度为四五百米，山上寸草不生，没有任何植被，没有河湖溪泉，没有矿藏，没有道路，没有田地，亦不见飞鸟飞过，到处都是竖立的褶皱沟纹，只是那一片连一片的焦渴的沉寂的红色。那逶迤起伏的山体，是亿万年前地壳在做横向运动时造成的褶皱带；沟壑纵横的山坡，是亿万年前风蚀雨剥留下的印记。据说，烈日高悬的天气里，蜿蜒曲折的赤褐色砂岩灼灼闪光，炽热气流滚滚上升，云烟缭绕，恍若大火在腾腾燃烧……这，就是“火焰山”名字的来历。

走着走着，我不禁想起了大型电视连续剧《西游记》中唐僧师徒四人翻越火焰山的情节。记得电视画面上的火焰山到处烈焰熊熊、火舌冲天。古人有不少诗文咏颂火焰山，都把它说得非常神奇。明代陈诚《火焰山》诗云：“一片青烟一片红，炎炎气焰欲烧空。春光未半浑如夏，谁道西方有祝融。”可是，自己今天实际过来一看，火焰山的景象并没有电视上演得那么夸张。我想，这也许是天气不好的缘故吧！

行驶约100公里之后，终于到了火焰山的尽头。路边有一个火焰山景区，这里好像开发时间不长，除过一个门楼和广场之外，好像再也没有什么。高速公路边不远处有一个几千平方米的围有铁网栅栏的广场，广场中央塑了一组《西游记》人物雕像，只有寥寥数十名游客在那边骑乘骆驼，拍照留念。我和李瑛、李妍下了车，走到景区门口去照相。门楼上有一个孙悟空肩扛芭蕉扇的卡通造型，我觉得好玩，便模仿猴哥的造型照了几张相。这里的风特别大，气温在38摄氏度以上，热烘烘的大风吹得人心里慌闷不已。

关于火焰山，在吐鲁番一带有一个可以与《西游记》媲美的传说——

古时候，天山里有一条恶龙，时常飞到这里，每次要吃掉一对童男童女。人们若不主动供奉，它就大施淫威，毁坏田舍，残害人畜。一位名叫哈拉和卓的小伙子不忍心乡亲们再遭恶龙祸害，便向君主托克布喀喇汗请命，要去降伏恶龙，为民除害。有一天，他手执宝剑，与那条恶龙激战了三天三夜，终于将之腰斩于七角井。落地未死的恶龙扑腾翻滚,鲜血染红了全身。哈拉和卓见状又一口气连剁了十剑,将巨龙劈成数截。恶龙死后就变成了这座红山,被剁开之处,便成了山中的十道峡谷……

有趣的是,这些相传为哈拉和卓用剑剁成的峡谷,依然留下了青青的剑痕,那就是林荫蔽日、田园如画的葡萄沟、桃儿沟、木头沟、吐峪沟、连木沁沟、苏伯沟和胜金口峡谷……这些沟谷中泉水环绕,林木葱葱,庐舍毗接,盛产瓜果,且至今保留着汉唐时代的石窟、壁画及其他文物古迹,足以使游览火焰山的外地游客流连忘返。

火焰山我是亲眼见到了,但这些美丽的沟谷我们却没有进去一一游览。这一带是中国最热的地方,艳阳高照的时候,夏天最高气温高达47.8摄氏度,地表最高温度在70摄氏度以上。因为受不住这里的酷热,我们在此仅仅逗留了五六分钟便迅速离开了。

火焰山

翻过火焰山,我们看到公路两边的戈壁滩上到处是开采石油的磕头机,可见这里的石油资源是非常丰富的。靠近吐鲁番市区时,开始出现大面积的绿洲,田地里除了一部分棉花之外,大面积种着葡萄。葡萄地的地头上大都有砖盖的形似养鸡房的小房子,这是专门用来制作葡萄干的。经过市中心的时候,一个十字口旁有一个造型酷似葡萄阴房的建筑,外边涂了漆彩,漂亮极了!

吐鲁番还有两个著名的景点:一个是葡萄沟,一个是坎儿井。这两个地方我很早就知道,很想去看看,但他们没有在此停留的意思。

穿过吐鲁番市区,眼前又是满地砾石的戈壁滩了。天色陡变,刮起了沙尘暴。一连走了十几里,周遭全是铺天盖地的沙尘暴,能见度不足200米。我们的汽车在滚滚的沙尘暴之中继续前行。忽然,看到路边翻倒了一辆大卡车,也不知道是什么时候发生的意外。我心中突然感觉到了害怕,希望这样的事故千万不要发生在我们身上。

终于钻出了沙尘暴。路边的指示牌显示,前边即将到达坂城,我的心里兴奋了起来,因为我以前在一首新疆民歌中听到过这个地名。于是,我立即睁大眼睛向车窗两边张望,试图发现一点让我惊喜的东西。突然,天上落雨了,一阵阵狂风裹挟着豆子般大的雨点狠狠地砸在汽车前边的玻璃挡板上。我透过车窗向外看了一眼,公路两边耸出灰黄色的山峦,山脚下是宽约50米的水浪湍急的河流。因为前边有一个拐弯处的高速公路段正在维修,汽车便驶入一段老山路。过了一座铁架浮桥,没走多久,山峦和公路拉开了一段距离,地上冒出一片绿洲,不远处的树丛中一截截黄土夯成的低矮城墙若隐若现。定睛远眺,那边有一座木质的老门楼,门额上写着“达坂城古镇”几个大字。此时,我想起“西部歌王”王洛宾及其富有传奇色彩的人生历程:

王洛宾,1913年出生于北京,著名的民族音乐家。1934年毕业于国立北平师范大学(现北京师范大学)音乐系。1938年,他在参加兰州的“西北抗战剧团”抗日救亡宣传活动期间,改编了第一首新疆维吾尔族民歌《达坂城的姑娘》,从此便与西部民歌结下不解之缘。1949年9月,他参加中国人民解放军,同年随军进入新疆,历任中国人民解放军第一野战军第一兵团政治部宣传部文艺副科长、新疆军区政治部文艺科科长、新疆军区歌舞团音乐创作员、新疆军区歌舞团艺术顾问等职务。他在西部生活了近60年(其间曾先后两次入狱长达18年),创作歌剧7部,搜集、整理、创作歌曲1000余首,出版歌曲集6册。1988年6月离休。1988年9月,荣获“中国人民解放军胜利功勋荣誉”奖章;1991年享受政府特殊津贴;1994年7月,荣获联合国教科文组织授予的“东西方文化交流特别贡献奖”。1996年3月14日,因患胆囊腺癌在原兰州军区乌鲁木齐总院去世,享年83岁。

达坂城,地处乌鲁木齐市南郊,原本是天山北麓的一个极其普通的村镇,就因为王洛宾的一曲《达坂城的姑娘》而驰名中外。现在,达坂城是一个区,很多游客络绎不绝地来达坂城旅游观光,不正是因为这首歌曲吗!途经达坂城,我很想过去看看。可文师傅说我们要赶天黑前在昌吉住宿,于是便很快打消了这个念头。这不能不说是此次西部之行的又一个遗憾!

“达坂城的石路硬又平啊,西瓜大又甜呀,达坂城的姑娘辫子长啊,两只眼睛真漂亮,你要是嫁人不要嫁给别人,一定要嫁给我,带着你的嫁妆,领着你的妹妹,赶着那马车来……”达坂城的风景很快从我的视线里消失了,可那首已经流传了近80年的脍炙人口的维吾尔族民歌《达坂城的姑娘》却在我的脑畔飘荡了很久。

记得上高中时我特别喜欢音乐,尤其对王洛宾整理创作的民歌情有独钟。像《在那遥远的地方》《半个月亮爬上来》《达坂城的姑娘》《阿拉木汗》《掀起你的盖头来》《青春舞曲》《玛依拉》等经典歌曲。我平时不但经常听,而且都会哼唱,甚至还在笔记本上抄过这些歌词呢。

我正陶醉在自己的精神世界里,李瑛用手机百度了几张达坂城姑娘的照片让我看。我将手机拿在手里仔细看了半天,达坂城的姑娘果然很漂亮,颇有异域风情。可惜我们这次没有在达坂城下车,因此不可能有这样的艳遇了……

达坂城古镇

近几年,新疆的局势一直比较紧张,7月份恰好是一段最为敏感的时期,所以这里的治安很严。走到乌尔泊高速公路收费站时,岗亭边站了很多荷枪执勤的武警,要求所有过往车辆和人员必须出示身份证、过安检。因此,在那里堵车了很长时间。听说这段时间乌鲁木齐市限制外省车辆入境,我们便决定晚上住在昌吉市。没想到下昌吉收费站时,又被查了一次身份证。

我们到达昌吉的时间是晚上8点半,因为新疆和内地的时差有两个多小时，所以太阳还没有落山，光照依然十分强烈。

昌吉是一个回族自治州，位于天山北麓、准噶尔盆地东南缘，东临哈密市，西接石河子市，南与吐鲁番市、巴音郭楞蒙古自治州毗邻，北与塔城、阿勒泰地区接壤，东北与蒙古国交界，从东、西、北三面环抱乌鲁木齐市，是古丝绸之路新北道通往中亚、欧洲诸国的必经之路。

因为李瑛提前联系了他们单位的一帮驻扎在昌吉市的同事，所以我们下了高速之后直接朝他们提前预订的一家宾馆走去。在宾馆登记完房子之后，昌吉的这帮朋友请我们在附近一家清真饭馆里吃了几样正宗的新疆特色风味——椒麻鸡、大牛骨、羊肉丸子粉丝汤、油塔馍，喝了几瓶红乌苏啤酒。新疆人吃牛羊肉，必然要拌一些生的皮牙子（洋葱的别名，突厥语音译），这样既可提味、去膻，又能补钙、降血脂。

离开饭馆时已晚上 10 点半，太阳依然没有落山。

吃饱喝足的我们，一路闲聊着，慢慢悠悠地在街道上溜达。昌吉市的街道宽阔、干净，路边有很多粗壮的榆树遮出很多阴影，所以并不觉得很热。

九

第二天清早，李瑛带着我去另一间房子看望一位姓赵的陕西眉县老乡。其实，才到昌吉的那天傍晚，我们已经见过老赵了，他那天中午喝醉了，一下午在床上昏睡，所以晚上吃饭时大家没有喊他。这天早上见到老赵时，他又坐在床边喝起了啤酒，桌子底下放了很多空酒瓶子。这次来昌吉的路上，我曾很多次听李瑛和文师傅说起过他。他们说，老赵是他们单位里有名的“扎巴依”（维吾尔语，酒鬼之意），只要出差干户外工作，经常手里晃荡着一瓶酒。他们说得一点也不夸张，后来在我们一起去霍尔果斯的路上，他的确是一路上喝着酒，吃饭时也不例外。在西安，我也有一两个“扎巴依”朋友，但像老赵这样一大清早起来就喝酒的人还是第一次碰到。经过李瑛介绍，我们彼此握了个手，然后一起在餐厅吃了一顿自助早餐。吃完饭，老赵回到房子又开始喝上了。

李瑛说他上午得去一趟乌鲁木齐市，问我去不去。我觉得待在宾馆也没什么事情，便随他一同过去了。我俩是坐着齐师傅开的那辆车去的乌鲁木齐。齐师傅是他们单位长期驻扎在昌吉市的项目组成员，是一名专职司机。他皮肤黧黑，性格比较沉稳，待人和蔼客气。上车后，他听李瑛说我是一位作家，这次跟着过来采风，便说这边环境没有口里好，不知道我是否习惯。我说我也是西北人，来到这边感觉很好，没啥不习惯的。他又说：“你是搞写作的，应该多出来走一走，这样才能激发灵感呢。”我说：“这次来西部旅行，一路上所见所闻很多，内心里有不少感触，回去后一定要写些东西出来。”他又说：“初次见面，也没有什么东西可送你的，这边天气炎热，紫外线很强，就送你一顶帽子吧。”说罢，他递给我一顶蓝色的棒球帽。我接过帽子，看到帽顶前方印着“越野车师”四个字，两侧也都印着字，合起来是一句话：路在脚下，心在路上。我很喜欢这顶帽子,也很喜欢帽子上的这句话,连忙道了一声谢。齐师傅又对李瑛说:“好久没见了,我也送你一份礼物。”说罢,他取出一个16开本书那么大的比砖头还要厚的精美盒子。李瑛接过来看了一下,然后让我先放在后座上。我接过来一看,原来是一本由新疆电子音像出版社出版发行、新疆年轮文化有限公司总经销的珍藏版纪念册,硬硬的封面上写了几个字:新疆情——聆听西域乐魂,品味民族风情。封底上贴着一幅缩小版的图画《喀什赛乃姆》(原画作者哈孜·艾买提),右下角写着:限量发行1000册,统一售价760元。出于好奇,我打开看了一下,里面东西不少:十几页厚厚的彩页,用文字和图片的形式介绍了新疆的地理人文风情;几张DVD光碟,依次是《于文胜电视散文——新疆散记》《Secrets of the silk road》《十集风光旅游艺术片——神美新疆》《新疆民歌专辑——天山神韵》;十几张表现新疆风情的纪念邮票;一条彩色的丝巾。这些东西都很精美漂亮,集中展现了新疆之美,我看了半天,深深陶醉于其中。

因为时间紧张,我们在乌鲁木齐市友好路附近办完事情就立即返回了昌吉,我也没能见到提前在电话里联系过的高中同学杨宝让。之所以时间紧张,是因为我们要赶在12点之前退掉宾馆的房子,然后和驻扎在昌吉市的这几位搞地质工作的朋友一起赶到霍尔果斯。

乌鲁木齐是我少年时期十分向往的城市,这次虽说来了一次,却没有机会好好转一下,心里不免有些遗憾。回到昌吉市之后,在收拾行李准备退房时,李瑛将齐师傅送给他的那套精美的新疆风情纪念册又转手赠给了我,当时内心特别高兴和感激,却不知说什么好。对于一个爱好文化的人而言,没有什么比这种文化礼品更让人高兴的了。不管怎样,乌鲁木齐是新疆的省会城市,还是很值得好好看看的。为了弥补心中的遗憾,我有了一个新的打算:到达霍尔果斯之后,在那里待上几天,然后再坐火车去一趟乌鲁木齐,然后再从乌鲁木齐坐火车返回西安。

退掉客房,我们十几个人在一起吃了顿午饭,然后从昌吉市出发,朝下一个目的地赶去。

下午4点多,我们来到了军垦新城——石河子市,住在北四路的一家汉庭连锁酒店。客房是李瑛的一个合作单位的朋友帮忙预订的。

因为时间尚早,也没什么事情,我稍微休息了一下,便独自去外边散步了。去哪里呢?我忽然想起到汉庭酒店之前曾看见过附近一个十字路口的角上有一溜儿卖旧书的摊点。于是,我凭着感觉逆着来时的方向走了大概一公里,终于找见了那个旧书摊。我是一个书迷,喜欢看书,也喜欢买书,平时只要一有闲暇,总喜欢去旧书摊上淘宝贝。这些年,不管走到哪里,只要一瞅见路边有旧书摊,就挪不动步子了。这次独自出来散步,一是要与石河子独处一下,切身感受一下这座城市的气息;二是看能否在旧书摊上淘些自己中意的书籍。这个临时的路边书摊,有四五个卖家,连在一起长达100多米。我将这几家书摊挨个儿扫了一遍,好书当然也不少,但不是版本太老,就是品相不好,没有一本是我特别想买的。就在我意欲离开时,猛然发现了一本我们扶风老乡、著名作家亦夫先生的长篇小说《土街》,忽然感觉特别亲切,但仔细看了一下,却是一本上世纪90年代的盗版,装帧设计恶俗,印刷纸张粗劣,便放回了原处。

傍晚,为我们预订宾馆的那位朋友请我们去附近的一家清真饭店吃了一顿大餐。他们喝的是伊力小老窖。我已经戒了白酒近两年时间,但来到新疆不喝酒是说不过去的,于是便喝了几杯红酒。这是一场参席人数较多的大饭局,一轮通关打下来,我便感觉有些晕晕乎乎了。

请我们吃饭的东道主正好是两位陕西老乡。饭局散了之后,与我们同来的一些朋友回宾馆去了。那两位陕西老乡十分热情,又带着我和李瑛到北三路的新疆兵团军垦博物馆门前王震广场转了一圈。夜幕已经降临,走在北三路十字口,我看见路边全是未经矮化的苹果树,树上已结满了果子。听这位老乡说,石河子市区街道两边的苹果树很多,苹果成熟以后,过路人可以随意采摘呢!

不一会儿,我们来到了市中心的游憩广场。李瑛告诉我,这个广场被当地人亲切地称作"王震广场"。很快,我就看见不远处矗立着一尊王震将军的雕像,很多人在那里瞻仰、照相,我们也过去合了一张影。广场上人很多,到处灯火璀璨,空中飘荡着欢快的新疆民族音乐。很多当地市民随着音乐的伴奏,跳起了动感十足的新疆民族舞蹈。一些中老年人使劲地抽打着陀螺,一些中青年妇女忘我地挥舞着彩绸或彩扇,还有一些小孩玩着脚踏滑板……广场上的人很多,在柔和的灯光照耀下,这里显得五彩缤纷,好不热闹!转到"戈壁母亲"雕塑前,我和李瑛合了一张影。我将照片传到微信朋友圈之后,老朋友刘磊君立即打来了电话。他说自己曾在石河子市待过好几年,而且在这里创办过一家广告公司,经营了一份《DM》杂志,可惜后来赔了很多钱。其实,我们一起在西安共事的时候,他曾给我讲过很多次,这次重提往事,他的情绪依然是那样激动，但语气中还略带了一丝伤感……

一路上，那个年纪稍长的老乡给我们讲述了很多关于石河子市的历史文化。

新疆兵团军垦博物馆

石河子位于乌鲁木齐以西150公里处，南倚雄伟的天山，北临广袤的准噶尔盆地，蜿蜒千里的乌伊公路穿市区而过，北疆铁路绕市区西行。石河子，是一座以石头而得名的城市。据说，现在的市中心，过去是一条光赤赤的卵石沟，宛若一条流淌着石头的河流。在这片人迹罕至的荒原上，再也没有更恰当的东西可资命名了，因而才取了这个憨厚、纯朴的名字。这儿最早曾是一个游牧区，苇湖、荒滩、沼泽密布，沙丘起伏，是中华人民共和国的开国礼炮，唤醒了这片沉睡已久的大地。1950年，当时的新疆军区代司令王震，遵照彭德怀副总司令的命令，偕同张仲瀚、陶峙岳等20多位部队领导人，策马扬鞭来到玛纳斯河两岸踏勘，正式确定这里为重点垦区。王震将军颇为豪壮地说道："我们就在这里开基始祖，建一座新城留给后世。"创业伊始，艰辛备尝，啃窝窝头已成常事。夏秋之夜，蚊鸣贯耳，一伸手就能抓住好几只。有的战士为了不被蚊子咬，干脆用泥浆抹了全身，仅露出双眼。三九寒天里，狂风暴雪经常会埋没帐篷；冻住在大头鞋里的双脚，往往要在火炉边烤上好一阵子才能拔出来。在荒地上灌水，战士们要腰横长杆，以防被地上的暗洞吞没……广大军垦战士就是这样，凭借着一双手和一颗对祖国的赤子之心，在这块万古荒原上造出了一座新城。因为新疆生产建设兵团总部驻扎在石河子，农八师在这里戍边垦荒，就地转业，于是便形成了一个由新疆生产建设兵团直接管辖的师市合一的城市。如今，石河子市委办公大楼前的那尊“军垦第一犁”的铜像，就是那段艰苦而伟大的创业史的真实缩影。

石河子市虽然是一座军垦新城，但这里却出过不少人才。当年，艾青、杨牧这两位著名诗人曾因“文革”被下放到兵团农场，结下了情同父子的友谊，写下了大量诗歌，并在同年双双获得全国诗歌大奖。另外，很多写诗的人或者诗歌爱好者应该也知道，享誉全国的《绿风》诗刊社就在这座城市的北二路21号。

石河子虽然不能算是一座气势磅礴的大城市，但在国内外却颇有名气。它以带有传奇色彩的历史和独具一格的风貌，吸引着中外游人。它是国家最早批准的100多个对外开放的城市之一，在《中国城市建设》等书中被列入50多个重点介绍的城市之内。大漠边缘的这座新城，绿化覆盖率达到40%，跻身全国绿化先进城市行列。当年，著名诗人艾青曾如此赞美自己曾久居过15年的石河子：

我到过许多地方
数这个城市最年轻
它是这样漂亮
令人一见倾心
不是瀚海蜃楼
不是蓬莱仙境
它的一草一木
都由血汗凝成……

这首诗歌的每一句都饱含着艾青对石河子这座城市最深情的赞美。艾青人生中最艰难的时光是在石河子度过的，从1960年乍到石河子，之后的15年里，他与石河子这座城市结下了不解之缘。为纪念这位诗歌王子，石河子人民特别为艾青建造了我国首家以诗人名字命名的诗歌馆——艾青诗歌馆。这座现代化的诗歌馆，造型新颖别致，典雅气派，馆前是宽阔的诗人广场，馆内设有展厅，陈列着艾青生前的图片、衣物、手稿、诗集论著、珍贵物品，真实地反映了艾青生前事迹、光辉历程和巨大影响。兵团人之所以如此爱戴、尊重这位诗人，不仅是他用自己的诗歌在那个精神食粮匮乏的年代给予了无数建设者们莫大的鼓舞和希望，更是因为他在石河子播下了诗歌的种子，培养了一大批青年诗歌爱好者，现今国内的一些著名诗人，都曾在他的言传身教下得以快速成长，一步步走向全国。

被誉为“学术超男”的易中天先生当年也是从石河子出去的。“文革”过后，恢复了高考，易中天考上武汉大学，然后在厦门大学教书，因在央视《百家讲坛》栏目上“品三国”而一炮走红。记得2014年8月，我曾以《渭河文化》杂志特邀编辑的身份，受甘肃省渭源县政协的邀请参加了甘肃省渭河文化联谊会。在当地政府举办的“名家看渭源电视高峰论坛”上，我有幸见到易中天教授，他的演讲仅有不到15分钟，却幽默、生动、精彩，至今仍记忆犹新。

王震广场上的“戈壁母亲”雕塑

十

7月13日清晨,我们一行11个人乘着两辆越野车,由石河子市出发,奔赴最终目的地——霍尔果斯。

高速公路上的来往车辆很少,两边的山峦时近时远,戈壁滩和草原牧场不断地交错出现……我的眼睛已有些审美疲劳,打起了瞌睡。

走到奎屯服务区,我们全部下车,在这里休息了大约一刻钟。这个服务区洗手间前边不远处有一条供来往行人休息的长廊,上面覆盖着密密一层青翠的藤蔓,坐在下面感觉特别凉快。长廊旁边有一块草坪,角落里长着一丛灌木,枝条上开满形大而色艳的花儿,白的、粉的、红的,十分惹眼。我问了好几个人,都不知此花叫什么名字。我顺手拍了几张照片发到自己的微信朋友圈,很快有人说它叫扶桑。我上完洗手间出来时,看到有四五个维吾尔族人正站在扶桑花前照相,看样子像是一家人。其中两个中年人约40岁,应该是一对夫妻。他们的三个女儿都很年轻漂亮,其中一个只有七八岁的克孜巴郎(维吾尔族小女孩)让我印象尤为深刻:一头金黄而略微卷曲的长发,麦粒般的皮肤、深陷的眼睛,高高的鼻梁……我正准备用手机拍照,他们一家人却忽然走开了。正在我略感遗憾之际,一对身穿回族服装的中年夫妻从我身旁经过,于是,我便偷偷地给他们拍了一张相片。

下午1点多,行经精河县的高速公路出口,我们在公路边吃了一顿可口地道的新疆饭。

公路边上有好几家饭店,我们选择的是“阿舍饭店”。这家饭店旁边有一块空地,在硬化了的水泥地上支了五六张桌子。空地上方有一个葡萄架,繁茂荫翳的深绿色的葡萄藤蔓严严实实地遮住了强烈的阳光,坐在下面休息特别凉快。因为饭菜做得比较慢,我们便坐在下面闲聊起来。葡萄还没成熟,吃不成。旁边的一棵杏树上还有不少半熟的果子,有人打下来几颗,在旁边的水龙头边冲洗了一下,然后分给大家去尝鲜。

大概半个多小时之后,我们所点的两桌饭菜才全部上齐了。大盘鸡、炖羊肉、手抓饭、宽拌面……全是新疆当地的特色美食。饭刚一上桌,很快就被一扫而空。味道相当不错,我们个个吃得是满嘴流油,一脸欢喜!

接下来,一路上的风光越来越美。有两处景点让我们着实惊喜:一个是赛里木湖,另一个是果子沟。

赛里木湖,古称净海,位于新疆博乐塔拉州博乐市境内的北天山山脉西段,距伊犁州霍尔果斯约86公里。这是一个风光秀丽的高山冷水湖泊,湖面海拔2071.9米,东西长30公里,南北宽25公里,面积450多平方公里,平均水深46.4米,最深处达106米。据说,赛里木湖形成于7000万年以前的喜马拉雅造山运动时期,地质学称之为"地堑湖"。湖中原本没有天然鱼类,1998年新疆从俄罗斯引进高白蛙、金鳟等冷水鱼养殖,才结束了赛里木湖不产鱼的历史。

赛里木湖是突然出现在我眼前的,它像一颗闪着晶莹亮光的蓝宝石一样,镶嵌在这片群山环绕的高山盆地上。那一抹深蓝似乎散发着一股强大的磁力,将我的注意力一下子就吸引了过去。我坐于车窗边,不停地盯着这片湖泊,它的躯体慢慢地在我眼前一寸寸舒展开来……随着汽车的快速移动,它的姿态不断地发生着变化。可不管从哪个角度去看,它都是那么美丽和纯净,我的心为之狂跳不已!

我们看到湖边有很多过往游客在那里赏景。拐了一道弯,文师傅一直将车开到了湖边。一下车,我像疯了一般,不管不顾地撒腿朝湖边跑去。我站在岸边的一块石头上放眼远眺,一朵朵巨大而洁白的云朵由蔚蓝辽阔的天空倒映于幽兰平静的湖面上,它们像一只只大船,驾着风儿悠悠地驶向了天际……湖水清澈见底,波光粼粼,我真想一头扎进水里畅游一番,顺便将自己的心儿掏出来在水里濯洗一下。然而,我没有,我也不能!我只是慢慢地蹲下身子,用双手轻轻掬起一捧清水,赛里木湖的温柔和清凉瞬间便传递到了我的心里。

我转身看到有人在岸边骑着骆驼或马儿照相,特别羡慕,也很想立即体验一下。有一位陌生的女人,披散着长发,戴着一副墨镜,撑着一把太阳伞,骑在一只骆驼上,摆出各种优美的动作,让她的同伴照相。这个女人的风姿深深地吸引了我,我便凑过去,不失时机地用手机连拍了好几张照片,记录下了那个美丽的瞬间。

因为前几天已经在鸣沙山骑过骆驼了，所以我更想去体验一下在赛里木湖边快马扬鞭的感觉。这时，一个哈萨克族小伙子牵着一匹枣红色的马儿走到我的面前，向我示意。我问他，骑一次多少钱？他用深邃的目光看着我，伸出了一个指头。这时，李瑛正好在我身边，说是骑一次 10 块钱。我觉得不贵，二话没说就立即翻上了马背。毕竟平时很少去骑马，我刚上去时还觉得有些害怕，但那个哈萨克族小伙子牵着马儿往前走了几步之后，我很快就适应了。我从哈萨克族小伙子手中拽过缰绳，双腿使劲一夹，踹了一下马镫，那匹马儿向湖里走了几步。眼看着湖水要淹及我的鞋子时，我的心便咚咚猛跳起来，立即勒转马头，回到了岸边。接着，我骑在马上沿着岸边慢跑了十几米，心里一下感觉特别畅快……

在赛里木湖边玩了十几分钟，我们继续赶路了。

赛里木湖畔的哈萨克族骑手

渐渐地，高速公路引领着我们的汽车驶入一片满眼新绿的峰峦耸峙的大山怀抱之中。山脊上是一片富有层次感的绿色林带，这儿一片挺拔的松树，那儿一片整齐的桦树；山坡上青草如茵、野花竞放，时而可见一座座白色毡房掩映于林间，一群群羊儿和马儿在山谷中懒散地吃着青草……走到这里，感觉像是走进了一个童话世界。

这就是被誉为“伊利第一景”的果子沟。

果子沟，又名塔勒奇沟，是一条南下伊犁河的著名峡谷孔道，全长 28 公里。古代时曾是我国通往中亚和欧洲的丝路北新道的咽喉，现为 312 国道所经之地,自古以来以位置险要而见称。据说元代以前,果子沟还是一个不通轮轳的古老牧道。南宋末年,成吉思汗挥兵西征时,为了加快进军步伐,命次子察合台率部在这一带“凿石理道,刊木为四十八桥”,终于开通了天险。其后,元、清两代政府都在这一带驻军把守并设立驿站,为过往官兵、商旅效劳。特别是清代乾隆皇帝平定了盘踞在伊犁河流域的准噶尔贵族叛乱后,便把新疆的政治、军事中心设置于伊犁河畔的惠远城。建立伊犁将军府以统辖巴尔喀什湖以东、以南和天山南北广大地区之后,清政府又在这条沟谷中设立了头台、二台两座驿站,负责传递朝廷政令和边防军情。自此,果子沟更是车马喧嚣,显示了它的重要性。

因为果子沟地扼交通要冲,所以古代很多亲莅伊犁的政治家、旅行家曾路经此地,留恋于谷中山水,并留下了不少赞美的诗文。元初著名全真道士李志常曾在其《长春真人西游记》一书中这样描绘果子沟:“左右峰峦峭拔,松桦阴森,高逾百尺,自巅及麓,何啻万株。众流入峡,奔腾汹涌,曲折弯环可六七十里。”清代名臣、民族英雄林则徐因销烟抗英遭受诬陷获罪被贬谪新疆伊犁,行经果子沟时,也在日记中留下“峰回路转”的记趣,称赞此地“天然画景……步步引人入胜”。清朝著名学者洪亮吉路过这里时,更有诗吟咏:“看山不厌马蹄遥,笠影都从云里飘。一道惊流直如箭,东西二十七飞桥。”这些令人读之神往的风光,今日似乎依然历历在目,但如今这山谷中还增添了现代化的沥青公路、钢铁飞桥,川流不息的汽车,中西合璧的木屋,以及专供旅人中途休憩或盛夏避暑的新兴小镇二台……

果子沟风景

出了果子沟，就进入了伊犁河谷。地势渐趋平坦辽阔，路边开始出现大片的平田沃野，或种着玉米，或种着向日葵，或种着葡萄。李瑛说："这里是新疆农四师62团的农场，我们项目组人员将在团场驻扎三个月。"

17点多，我们来到新疆农四师62团团场，临时下榻在一家私人小宾馆里。这里的光照非常强烈，照在身上有一种火辣辣的感觉。一路颠簸劳顿，大家稍微休息了一下，便早早地出去吃了一顿晚饭。

吃罢饭后，我感觉有些疲倦，回房子打开空调，和李瑛躺在床上闲聊了一会儿。

我说："我是第一次到新疆来，看咱们住的地方是62团团场，请问这个团场相当于什么级别的行政单位？"

李瑛说："新疆的一个团场就是一个镇，叫法不一样而已，但面积很大，相当于一个县！"他还说："1956年，中央军委成立了新疆生产建设兵团，以'屯垦戍边，建设边疆'为历史使命。新疆兵团下辖的农牧团场大概200多个呢，各农牧团场原来建制大都为团级单位，由原来的建制团演变而成。改革开放后，现在各农牧团场大都转化为普通的农场，但与一般农场相区别的是，团场是一个党、政、军、企合一的单位。因此，团场的经营管理及行政管理制度等非常特殊，与一般地方农场区别很大。"

听了李瑛的解释，我心里对他佩服不已，便说："哎呀，没想到你这个地质工作者，知道得还挺多的嘛！"

李瑛笑了笑说："什么呀，我们地质工作者长年在外，走南闯北，所以就见识得多一些。"

我说："呀，你这么一说，我倒挺羡慕你们地质工作者，走州过县的，一边工作，一边旅行，爽得很啊！"

李瑛说："兄弟，你是有所不知啊，我们搞地质的人，长年待在深山大沟里，风吹日晒的，有时候饭都不能按时吃。前几年，我连续去内蒙古那边做地质调查，这几年每年都被派到霍尔果斯来，在户外要工作三四个月，回去还得写一本厚厚的调查报告，累得很……我每次回西安之后，都要瘦一圈，人也晒得跟黑炭一样！"

我叹息了一声，说："看啥啥行业都不好干……都不容易啊！"

我歪在床边玩了一会儿手机之后说："这个62团看着不怎么大，也不太繁华啊。咱们刚才去吃饭，在大街上半天碰不到一个人。"

李瑛笑了笑，说道："你可别小看了这个团场啊……我给你说啊……"

根据他的介绍，我又上网查了一下资料，伊犁及62团团场的历史大概是这样的：

伊犁一直是新疆通往中亚的重要通道，历史上曾建有许多城镇在这里扼守边界、发展贸易。清代乾隆皇帝为了加强在伊犁地区的治理，在这里设伊犁将军府，建立了惠远城，并陆续在其周围建起惠宁、绥定、广仁、宁远、瞻德、拱宸、熙春、塔尔奇八座卫星城，史称"伊犁九城"。现保存较好的惠远城被称为"伊犁九城"之首，曾是我国西陲军政中心的伊犁将军府所在地。1884年，清朝政府正式批准新疆建省，对军政制度做了重大改革，取消军府制和伯克制，代之以兵备道和府、州、县制，新疆政治中心由伊犁移至今乌鲁木齐。

1962年春，为保卫边防，2600名工业战线上的干部、职工，遵照兵团党委的命令，开赴霍城县边境一线，组建东风农场，执行"代耕、代牧、代管"任务；1965年1月7日，根据兵团命令，东风农场移交农四师接管；1969年4月18日，东风农场更名为92团，同年7月7日更名为62团至今。62团团场边境线长22公里，沿边驻守居住8个农业连队，是一个以农业为主的边境一线城镇。

……

聊了大半天之后，李瑛忽然拧过身子不说话了，过了一会儿，我听到一阵山呼海啸般的鼾声。我也感到有些累了，放下手机迷瞪起来。

醒来后，天色依然大亮着，我便独自爬上了楼顶。已经快晚上9点了，太阳却还未落山，明晃晃的光芒让人觉得刺眼。站在楼顶环顾四周，感觉整个62团团场上空没有一丝风，一层层灼人的热浪包围了我。我站在水泥栏杆边手搭凉棚向一隅远望，只见七八里之外有一座城市，那里高楼大厦林立，看起来比团场这边要繁华得多。我想，那应该就是霍尔果斯市，西边紧挨着的就是哈萨克斯坦国了。

尽管天气干热，但是周遭异常幽静，没有关中地区城市的纷乱喧嚣的噪声。我是一个喜欢安静的人，在远离家乡的西部边陲城市的上空，在尽情享受着这份陌生的安静的同时，精神上亦承受着一种异样的巨大的孤独。我站在楼顶远眺了很长时间，而夕阳似乎和我的心思一样，久久不忍落山，并且在不停地展示着它的绚丽，撩拨着我的激情，试图打破我内心的平静。

忽然想起宋朝赵令畤曾在一首调寄《清平乐》词中的一句："断送一生憔

悴,只消几个黄昏。”黄昏,意味失去和别离,难免使人伤心和憔悴。我知道,到了霍尔果斯之后,他们要留在这里工作了,不能再陪我玩了,我在这里待上两天得一个人踏上归途……

暮色四合。是时候回去了! 于是,我狠下心来,转过身子下楼了。

十一

李瑛带领他们单位的几个同事千里迢迢地来到霍尔果斯是为了完成一项地质调查项目,因为要在这里开展三个月的户外工作,为了节省项目费用,第二天便在62兵团团场郊区的一个村庄租下了一个农家小院。

我跟着他们一起搬了过去,并在那里住了两天,但是吃饭暂时还是在兵团团场街道的饭馆里。

住在那个农家小院的第一天,他们都忙着后勤工作——打扫厨房、招聘厨师、采购物资,两辆汽车全都外派出去。我无事可干,便待到三楼的房间里看书,可是看着看着,便有些心烦意乱了。7月份正好是旅游旺季,火车票肯定很紧张,如果不能尽快订购到返程火车票的话,我很有可能得在这里滞留很长时间……一想到这里,我的内心便有些焦虑不安了。

午饭前,我见李瑛和他的几个同事坐在院子里的那棵葡萄树下的石桌边闲聊,便过去问他:"你们招聘到厨师了吗?"李瑛说:"我们已经在这个村子找到了一位女厨师,她明天就到岗了,我们明天就能在这里吃到饭了。"我跟他闲扯了几句后,便很快说出了自己下一步的行程计划:先去一趟乌鲁木齐,在那里待上几天,然后坐火车返回西安。他立即用手机上网查了一下去乌鲁木齐的车次,顺手帮我预订了7月15日18:06由霍尔果斯到乌鲁木齐和7月18日21:39由乌鲁木齐到西安的火车票。这下,我内心的顾虑才彻底打消了,继续和他们闲谝起来。

翌日,早饭吃罢,李瑛对我说:"你是今天下午6点多的火车,时间还早呢,上午你不妨去霍尔果斯口岸看看吧。"我说:"我也正好有这个想法呢。"

经过李瑛的安排,我在他们项目组的三个成员陪同下,坐着齐师傅的汽车去了一趟霍尔果斯口岸。

霍尔果斯市是2010年5月中国新疆生产建设兵团党委规划建设的师团级县级市。2014年6月26日,国务院正式批准同意新疆维吾尔自治区设立县级霍尔果斯市,行政区域面积1908.55平方公里,辖区人口8.5万人,辖四个街道办事处、一个民族乡、一个牧场、两个兵团团场(61团、62团),由伊犁州代管。

霍尔果斯市位于亚欧大陆桥我国最西端,处于上海经济合作组织成员国与观察国整体区域在西部的核心位置。面积73平方公里,其中霍尔果斯口岸30平方公里(含兵团园区10.8平方公里)、伊宁园区35平方公里、清水河配套产业园区8平方公里。

霍尔果斯口岸因中国与哈萨克斯坦的边界上的霍尔果斯河为界而得名,它位于新疆伊犁哈萨克自治州霍尔果斯市,距离伊宁市90公里,是中国西部距离中亚中心城市运距最短、综合运量最大的国家一类公路口岸,精伊霍铁路、连霍高速公路、312国道和中国—中亚天然气管道在这里结束。

霍尔果斯口岸是我国最早向西开放的一座口岸,1881年正式通关,通关历史130多年。其实,远在隋唐时期,它就已经是古丝绸之路新北道上的重要驿站。清代初年,这里曾是中国境内的驻防之地,是伊犁索伦营驻防的六座卡伦之一。后来虽然几经转折,但目前仍是北方最有名的口岸之一。

霍尔果斯口岸

为了更好地发挥口岸优势,2004 年 9 月 24 日,中国与哈萨克斯坦正式签订了《关于建立中哈霍尔果斯国际边境合作中心的框架协议》,在中哈边境霍尔果斯口岸共同建设占地 5.28 平方公里的全世界唯一跨国界的、由两个国家的国土构成的边境合作中心。2011 年 12 月 2 日,中哈霍尔果斯国际边境合作中心正式同步封关运营。在这个合作中心里,人流、物流、资金流可以自由流动,没有物理障碍,而且很多商品都是免税的,比内陆的价格便宜很多。我国浙江、江苏、上海、广东、河北、山东等地的机电五金、食品、服装鞋帽等商品通过这里不断涌入了中亚、西亚市场。

虽然天气非常炎热,但在霍尔果斯海关大楼前排队参观的游客非常多。我们排了一个半小时的队,过了四道关卡,才终于拿到了出入境通行卡。进入合作区之后,我们上了一辆公交车,沿途也没见到什么特别好看的景致,还没到终点就提前下了车。下车之后,我们环视了一下四周,这里绿化面积不大,路边的树木不高,也没有阴凉处,热得人无处躲藏。我们站在一栋商厦门口看了半天,不知道何去何从,便去咨询商厦门口的一个保安人员。那个保安说,很多人来口岸就是为了满足一下自己的好奇心,说实话也真没啥看的,既然来了,就去国门那边照个相,也算是没有白来一趟。

国门正好就在商厦对面。那道象征着中华人民共和国主权的国门距离界碑约 50 米,上刻鲜红醒目的“中国”二字和精致的国徽,紧邻界碑的一座桥便是两国疆土的分界线。我们几个站在两国交界处的国门前,一只脚踏着中土(红线),另一只脚踏着哈土(蓝线),各自照了一张相,然后又向国门之外的哈萨克斯坦领土上走了 100 多米。

接下来,我们还转了两个商场。这些商场修建得很豪华气派,里边出售的大多是外国的轻工业品,基本上都是免税的。入驻的商户很多,既有中国商户,也有哈萨克斯坦、俄罗斯等外国籍的商户,但顾客并不多,所以生意显得比较冷清。对于我这个平时不爱逛商场的人来说,这简直是遭了老罪。与我们同来的一个实习生说,齐师傅给他打了一个电话,说哈萨克斯坦的绵羊油很好也很有名气,让回来时给捎上两瓶。我觉得来这里一次挺不容易,不买点东西似乎有点对不住中哈两国人民的友谊,于是便买了几瓶绵羊油。

在返回海关大楼的路上,水泥道路两边的树木不多,且没有多少阴凉,加之路面的光热反射,我感觉自己的身体快要被热浪撕碎了一样,嗓子里干得直冒烟。我们几个都蔫头耷脑地走着,忽然后边传来一阵小孩的哭声。我回头一看,后面正走着一个眼睛大大的、皮肤黧黑的哈萨克斯坦中年妇女,她的一只手里拎着一个提包,另一只手在半空里自然地甩动着;在她身后五六米处有一个六七岁的小男孩一边大声地哭喊着,一边不情愿地挪动着……我站住从背包里掏出一瓶矿泉水喝了两口,等这两个外国人从我身边过去之后才继续前行。我故意走得很慢,继续观察这一大一小两个人的举动。我感觉,这两个人应该是一对母子。可是,走了好长一段路,也不见那个妇女回头,她依然只是自顾自地埋着头赶路,似乎不知道后边还跟着一个小孩子。我没有吭声,继续朝前慢慢走着。忽然,我看见那个妇女走到一个十字路口时才回过头来站定在那里,望着那个距她有十几米的小孩子呜里哇啦地说了几句话。她说的应该是哈萨克语,我听不懂。但我从她的神态和语气中猜想她可能是告诉那个孩子:走快点!等那个小孩子走到她跟前时,她才牵住他的一只手过那个十字路口。我心想,快到海关大楼了,她应该要继续牵着他的手,或者是将他抱在怀里的。可是,我错了。刚过了十字路口,她将手放下了,继续默默地走着自己的路。那个小孩不哭了,跟在她后边,踉踉跄跄地继续走着。看到这番场景,我确信这两个人就是一对母子。

天气实在太热了,我们都感觉这里实在没有多大意思,便决定回团场去。

我站在中哈交界处

看了一下表,都下午 1 点多了,我们便在商场外边的回民饭店里吃了一顿拉条子拌面,然后悻悻然坐着齐师傅的车回到了 62 团场。

回到住处以后,我感觉特别累,美美地睡了一觉。醒来之后,已经是下午 4 点半了。因为操心着坐火车的事情,我赶紧收拾了一下行李,然后匆匆告别了李瑛,坐着齐师傅的车到了霍尔果斯火车站。

火车启动了,霍尔果斯渐渐消失在我的视线里。我坐在车窗边,想起这一趟西行路上曾有很多朋友陪伴，而此时只有我一个人，心中陡然产生了一种莫名的伤感。这里尽管很好，我也很留恋这里，但我毕竟只是一名过客而已，终究是要从哪里来回哪里去。

因为火车票紧张，我只买到一张硬座票。与我邻座的是一个中年人，肤色黝黑，左脸上有一道很长的刀疤，样子看起来有点凶。刚开始，我没有和他说话。后来，我觉得他不像是一个坏人，便和他闲聊起来。原来他是陇南人，过完年和几个老乡一起到霍尔果斯打工，因为工地上长期拖欠工资，他不得不另谋出路，可是一连在宾馆里住了两个月了也没找到活儿，心里特别着急。前几天，他听一位老乡说哈密那边有活干，所以准备过去看看情况。他还说，今年房地产行业不景气，很多工地不是停工，就是拖欠工资，很多外地的农民工没办法，都陆续回老家去了，这节车厢上的很多人就是他们甘肃乡党。我朝车厢里扫视了一下，果然大部分都是农民工，他们都是一脸的无奈和迷茫。

坐在我们斜对面的是一个20多岁的小伙子，他听出我的邻座是他们陇南人，便也和我们攀谈起来。他说，他是搞建筑装修的，这些年一直在伊犁这边打工，往年一个月能挣一万多块钱，可是今年行情不好，三四个月挣的工钱还不到一万元，最近实在撑不下去了，决定回老家去找个事情干。

听了两位陇南农民工的讲述，我长长地叹了一口气，然后说道："自去年下半年以来，受经济危机的影响，中国经济整体大幅度下滑，不只是房地产行业，其他行业也都面临着诸多困境，很多企业效益不好，缺乏运转资金，所以拖欠员工工资的现象普遍存在，据说这种状况可能还要持续好几年时间。"他俩听了我的这番话，忽然都沉默了。我又说道："如今大家的日子都不好过，慢慢熬吧，相信一切都会慢慢好起来的……"

火车在黑夜里疾驶着，我的脑子里思绪万千，一夜没有合眼。

十二

清晨6点半左右,我从乌鲁木齐南站下了火车。

因为一夜未眠,我当时感觉十分困倦,准备找一个宾馆先睡一觉,下午再约见一下表外甥女罗亚会。可是出了火车站广场向右拐,走了很长时间也没有打上出租车。忽然,我看到扶风老乡于燕发来的一条微信留言,她问我是否已到乌鲁木齐,让我将自己的手机号发过去。于燕是扶风县上宋乡凤鸣村人,与我姑父家在一个村子。年前,她曾托另一老乡买过我的散文集《梦回乡关》。后来,我们互加了微信。我们相识已经大半年,却一直未曾谋面。我在西部旅行的这段日子,她一直关注着我的微信朋友圈。未等我将手机号发给她,她便打来了电话。她说,她的父母、弟弟全家人都住在乌鲁木齐武警医院,如果我没处住的话,可去他们那儿。她的一番好意令我十分感动,但又怕给人家增添麻烦,犹豫了半天。她见我犹豫不决,便说:"我爸妈都很热情好客,好多扶风老乡到乌鲁木齐之后,都住在他们那里。我给我爸提说过你,你不用多虑了,在路边找个地方等着,我弟一会儿开车过来接你。"

十几分钟后,于燕的弟弟于宗峰打来电话,问清了我的所在地,开车接上了我。他带我吃了一顿早餐,然后将我带到武警医院家属楼见他的父母。他父母听说我也是扶风人,态度非常热情,和我交谈了很长时间。当两位老人得知我从霍尔果斯乘硬座火车过来,一晚上没睡觉,便让我赶快休息一下。我当时的确十分疲惫,便没有再客气,躺到他们家床上睡了一觉。两个小时之后,我醒来了,给表外甥女打了一个电话。她说她上午在驾校学车,下午再过来接我。通完电话,于母喊我和他们一块吃饭。午饭是蘸水面,味道很好,我一口气吃了两碗。身在异地他乡,能吃到一顿正宗的家乡饭,内心有一种莫名的感动。曾听于燕说过,他父亲也是一个喜欢看书的人,正好我的背包装了一本由我策划和主编的《当代扶风作家散文选》，便将它送给了他。吃完饭后，于父说："你是一个文化人，好不容易来乌鲁木齐一趟，我下午请假陪你去二道桥转转吧。"我听罢特别高兴，但又怕影响他的工作，便说："我外甥女罗亚会一会儿就过来了，让她带我去二道桥，你安心上班吧。"因为亚会曾在武警医院上过几年班，和于家人都认识。于父便说："如果亚会陪你去的话，那我就上班去了。"

刚吃罢午饭，亚会过来和两位老人闲聊了一会儿，然后和我一起离开了武警医院。

在武警医院门口挡出租车时，亚会问我想去哪里玩。蓦然，我的脑际回想起刀郎演唱的那首十年前曾红遍大江南北的《关于二道桥》：

如今这条繁华的街道
越来越美丽
人来人往的巴扎儿上
却看不见你身影……

当年，我很喜欢这首歌，所以一直想着有机会一定要去二道桥看看。于是，我犹豫了一阵之后便对亚会说："你能否陪我去二道桥看看？"她瞅了我一眼，问道："为啥要去那儿呢？"我说："当年，刀郎有一首歌曲唱的就是二道桥，听说那里很繁华热闹，具有异域风情。"没想到她却说："二道桥是一个维吾尔族人的聚集区，最近正好是他们的斋期，我不想去。"我不解地问道："为啥？"她说："其实，那边就是一个大巴扎（维吾尔语，意为集市），也没啥看的。是这，我带你转转新疆维吾尔自治区博物馆和红山公园吧。"我说："也行，咱们现在就走吧！"

新疆维吾尔自治区博物馆位于乌鲁木齐市西北路，馆名由老一辈革命家朱德同志亲笔题写，建筑面积17288平方米，地下一层，地上二层，主体高18.5米，玻璃穹顶顶标高29.5米，建筑平面基本呈"一"字形平面对称布局，具有浓郁的西域风格和新疆地方特色。

我们一起参观了历史展厅、古尸展厅和服饰展厅。

历史展厅的展出面积为1500平方米，历史文物700多件，整个陈列分为：文明的曙光、金石之光耀天山、汉通西域开先河、群雄争霸民族融合、大唐雄伟置安西、勇捷回鹘迁天山、蒙古西征立汉国等12个单元。这里集中了新疆各地出土的各类精品文物，特别是文物考古工作者发掘的大量珍贵文物，并辅以沙盘、照片、图表、模型、人物复原像、摹绘、拓片、历史文献、互动装置、多媒体触摸屏、声、光、电等现代手段，系统、形象、生动地展示了新疆地区的历史发展进程和新疆地区原始社会、奴隶社会、封建社会等发展阶段的历史概况。

干尸展厅占地约700平方米，展出数具古尸，还辅助陈列了大量的随葬精品文物，并以照片、图片、多媒体触摸屏等多种形式丰富陈列内容。整个陈列分为：罗布泊的楼兰居民、小河埋葬千口棺材的墓地、戴金额面具的营盘人、扎滚鲁克的彩绘面人、精绝国夫妻情、阿斯塔那地宫的主人、阿勒泰石人石棺墓七个单元。让我印象最深的是楼兰古国美女的复原图、英俊的且末男尸蜡像，还有大唐将军张雄的蜡像。

服饰展厅通过150多件文物珍品和几百幅复原图，展示了上至3800年前后的小河墓地，下至百年前的清代新疆人的服饰。从暖裘毛褐、奇巧装扮的先秦服饰，到锦帛素棉、典雅风姿的西域汉晋服饰，到万千仪态、雍容气度的隋唐五代服饰，再发展为红带系宝冠、金锦衬英姿的西域宋元服饰，最后演变为华美且兼具民族风格的明清西域服饰。徜徉其间，仿佛走进了一部迤逦4000年的东西文化交融的历史长廊中，那一个个隐藏在瀚海霓裳之中的文化密码给人一种幽邃的神秘感。

新疆维吾尔自治区博物馆里陈列展示的内容很系统，也很繁多，但令我印象深刻的有两位历史人物：一个是班超，另一个是楼兰美女。

班超(32—102)，字仲升，汉族，扶风郡安陵人，东汉时期著名的军事家、外交家。他出生于一个文仕家庭，是史学家班彪的幼子、《汉书》的编撰者班固的弟弟、班昭的哥哥。他为人有大志，不修细节，但内心孝敬恭谨，审察事理。他口齿辩给，博览群书，却不甘心只为官府抄写文书，毅然投笔从戎，随窦固将军出击北匈奴，又奉命出使西域。在31年里，先后平定西域50多个国家，为西域回归、促进民族融合做出了巨大贡献。永元十二年(100)，班超因年迈思乡，以西域都护的身份上书请求回国；同时，他的妹妹班昭也上书为他请求。汉和帝看到班家兄妹二人的上书，深受感动，便召班超回京了。两年后的八月，他抵达洛阳，被拜为射声校尉；一个月后，他因胸胁疾病逝世，享年71岁，死后葬于洛阳邙山之上，其长子班雄嗣位。班超戎马一生，投身于为汉朝稳固边疆的事业中，成为东汉一代名将，担任西域都户11年，可谓是历史上开拓和维持汉朝与西域关系的重要人物。范晔在《后汉书》中如此评价班超："祭肜、耿秉启匈奴之权，班超、梁慬奋西域之略，卒能成功立名，享受爵位，荐功祖庙，勒勋于后，亦一时之士也。"

那具美丽的木乃伊，不，那位年轻美丽的楼兰姑娘，静静地躺在博物馆的玻璃罩里，双目紧闭，嘴角微翘，默然无语，就像中了魔法刚刚睡去一样，脸上浮现出安详而神秘的微笑。她这一睡，竟然睡了2000多年，永远地定格在那里，成为那个已经消失在茫茫历史长河中的她的楼兰故国的代表和见证。

楼兰古国，属于西域三十六国之一，与敦煌为邻，曾是丝绸之路上的一个繁华之邦，与汉朝曾经关系密切。公元前108年，楼兰国臣服于汉朝，年年岁岁进贡来朝，之后又几降几反，一度成为汉朝的心腹之患。最后，楼兰国及其古城神秘消失了。直到1900年3月28日，瑞典籍世界著名探险家斯文·赫定（1865—1952）在考察罗布泊时，偶然发现了楼兰古城。1901年1—3月，他再次考察罗布泊，挖掘了楼兰遗址。历史记住了1901年3月——这是楼兰国曾经消失的古城失而复得的时间。据说，楼兰古城出土了大量比金子还要珍贵的文物，其中的每一件钱币、丝织品、粮食、陶器、文书、竹简都闪耀着耀眼的光芒。1906年，英籍匈牙利人探险家马克·奥利尔·斯坦因（1862—1943）在这里取得了重大考古发现，轰动了当时的文化界和学术界，使丝绸之路上的楼兰古国不再是一个陌生的名字；但同时，他以考古学者的身份，对中国的文物进行了贪婪无耻的破坏、偷盗和骗取，其行为造成了楼兰古城、敦煌莫高窟等遗址永远不能弥补的伤痛！

新疆维吾尔自治区博物馆

我们出了新疆维吾尔自治区博物馆之后，又转乘公交车到了红山公园。

红山公园位于乌鲁木齐市中心红山路，是一座集旅游观光、古典特色、人文内涵、体育健身为一体的综合性自然山体公园，是乌鲁木齐的标志和象征。该公园建于红山之上，故而得名。红山，被誉为“乌鲁木齐的徽章”，海拔高度为910多米，它由紫色砂砾岩构成，呈赭红色，其外形如一条东西横卧的巨龙，高昂的龙头升向乌鲁木齐河。公园总面积为4.069平方公里，共有林木70余种30000余株，绿地覆盖率高达97.5%。公园里山路曲折盘旋，林荫夹道，除了花草、池塘、亭榭之外，还有“塔映斜阳”“古楼揽月”“兰湖泛舟”“石碑英烈”“虎头赤壁”“卧龙喷泉”“佛庙云烟”等十余处主要景观。

我们坐着电瓶车上山，直到大佛寺门口才下来。接着，我们沿着一条水泥路徒步向东边行走。刚走了十几步，我看到路边有一大块平地，很多游客站在栏杆边观景。我手扶栏杆向山下俯瞰，满眼层层叠叠、繁茂苍翠的林木，霎时间感觉浑身清爽无比。抬头远望，半城风光尽收眼底，非常壮观！我刚转身，只见一个身着红衣的女子挽着一个小伙子向这边缓缓走来。等他们快走到我身边时，才看清是两个20多岁的维吾尔族人。这个维吾尔族姑娘皮肤白皙、模样俊俏、个子高挑、身段匀称，尤其那一身大红色的长裙格外惹眼。看他们亲密的样子，应该是一对恋人。我想为这个维吾尔族姑娘拍一张照片，可是她在栏杆边才站了一会儿，很快就挽着男友的手匆匆走开了。我心里不免有些失望。

我们继续前行，几分钟后到了公园东边的顶峰。那里矗立着一座赭红色的九级圆顶砖砌“镇龙宝塔”，旁边不远处有一尊林则徐雕像和一只禁毒铜鼎，很多游客在附近拍照留念，缅怀这位民族大英雄。林则徐（1785—1850），福建省侯官人，字元抚，又字少穆、石麟，晚号俟村老人、俟村退叟、七十二峰退叟、瓶泉居士、栎社散人等，是清朝时期的政治家、思想家和诗人，官至一品，曾任湖广总督、陕甘总督和云贵总督，两次受命钦差大臣。其主张严禁鸦片，并在广州虎门海滩上当众销毁了237万余斤鸦片，这便是彪炳史册的“虎门销烟”。在第一次鸦片战争时期，林则徐以虎门销烟、奋力抗英而闻名中外，成为一代名臣、民族英雄，为后人所称颂。但也是因为禁烟和抗英，使林则徐成了朝廷的一名“罪臣”，被昏庸无能的道光皇帝革职，发配新疆伊犁，经历了五年悲壮的流放生活。在新疆期间，林则徐不顾年高体衰，从伊犁到新疆各地“西域遍行三万里”，实地勘察了南疆八个城，加深了对西北边防重要性的认识。林则徐从所译资料中发现沙俄对中国的威胁，促成了他抗英防俄的国防思想,成为近代“防塞论”的先驱。于是,他明确向伊犁将军布彦泰提出“屯田耕战”,有备无患。他还领导群众兴修水利,推广坎儿井和纺车,人们为纪念他的业绩,称坎儿井为林公井,称纺车为林公车。林则徐根据自己多年在新疆的考察,结合当时沙俄胁迫清廷开放伊犁的局势,指出沙俄威胁的严重性,临终时曾大声疾呼,告诫国人:“终为中国患者,其俄罗斯乎！吾老矣,君等当见之。”果不其然,60余年之后,数百万领土已被蚕食鲸吞,历史证明了林则徐是正确的！据说,林则徐曾在红山写下“任狂歌、醉卧红山嘴。风劲处,酒鳞起”的诗句。新疆人民为纪念林则徐的丰功伟绩,在红山宝塔侧塑了一尊他的雕像,安放了禁毒铜鼎,红山成了新疆第一个禁毒教育基地。

亚会说,乾隆五十三年(1788),为了“镇山锁水”,清都统尚安责令在此处修建了这座宝塔,它与东边几里之外的雅玛里克山上的那座宝塔遥相呼应。我顺着她手指的方向朝东边几公里之外的那座山头上望去,果然也有一座雄伟的宝塔。我正欲转身,那个身穿红衣的维吾尔族美女又突然出现在我的面前。她绕着镇龙宝塔转了一圈,在宝塔旁的栏杆前停了下来,给了我一个背身。她的身姿实在太美了,我立即拿起手机抓拍了一张照片……

红山公园的镇龙宝塔

从红山公园出来,亚会说:“你住到我家去吧,住在别人那儿不方便。”我说:“你们太忙了,就不打扰了,我还是住宾馆去吧。”她说:“家里地方宽展,你来看我,怎么能让你去住宾馆呢?”于是,我们便打车去武警医院,从于家取走我的行李,告别了这两位热心善良的老人。

我的一位初中女同学的老家和亚会是一个村子的,这十几年来她一直在乌鲁木齐某医院干护士工作。我和她通过四年的书信。亚会约略知道一些我和那位女同学当年谈恋爱的事情,也知道我很想见她一面,便打电话约来了她,我们一起共进了一顿晚餐。与亲人、同学一起吃饭,我心里非常高兴,一向不擅饮酒的我主动要了几瓶红乌苏啤酒。饭局结束后,我的女同学打车回家了。因为多喝了几杯,我感觉有些晕晕乎乎,到亚会家里之后,和她聊了一会儿,便闷头睡觉去了。

半夜醒来,我独伫窗前,抬头仰望漆黑无际的夜空,蓦然想起一些年少时的爱情往事,不由得暗自伤感起来。

十三

记得高中语文课本上有一篇文章《天山景物记》，是著名作家碧野写的一篇抒情色彩浓郁的游记散文，作者以非常优美明快的文笔记叙了自己游览天山的见闻，热情地歌颂了新疆的富饶美丽，以及雄奇壮观的自然风光和幸福美满的牧民生活。正是这篇课文让我对新疆和天山产生了一种向往之情。

就在我高二第二学期快要结束时，与我一直通信的初中女同学来信说自己快要卫校毕业了，面临分配去向问题——要么去乌鲁木齐，要么留在西安，她一时无法抉择，想听听我的建议。那时，我也只是一个未经世事的学生，对于她的就业问题也没有做过多思考，完全是凭了一种校园诗人的天真浪漫，草率地建议她去新疆。我当时在回信中这样写道："新疆是个好地方，那里有一望无垠的戈壁滩，那里有高大挺直的胡杨树，那里有甘甜爽口的哈密瓜和葡萄，那里有美妙动听的少数民族歌曲和舞蹈……"她收到我的回信过了不久，便真的去了乌鲁木齐。从此，乌鲁木齐成了令我魂牵梦萦的城市。

这十几年来，我一直很想去新疆走走，由于种种现实因素的制约，故而未能成行。这次来西部旅行，终于算是了却了夙愿，但总感觉自己对新疆的了解还是太过粗浅。因为时间有限，不可能在这里长待，我便对表外甥女提出了想去天山旅游的想法。她说："天山很大，你一天转不完，不妨去天池看看吧！"

那天早上9点多，表外甥女上班去了，我便和那位初中女同学相约，从乌鲁木齐人民公园北门坐了一辆当地旅行社的专线大巴车，去了一趟天山天池风景区。

旅行社的导游是一个姓刘的内蒙古族80后小伙子，他一路上给我们讲了一些关于新疆的情况。他讲得很多,尤其是关于"疆"字的解释,很有意思,令我记忆深刻:"新疆'疆'字仿佛是专为新疆而设。这个字是左右结构,左西右东,危险来自西方。你看'疆'字中的那个'弓'向西张开,弯弯曲曲的形状就像新疆5600多公里的漫长边境,而'弓'之外的那个土,提示我们在近代被一系列的不平等条约割让的土地。"接着,他继续解释道:"'疆'字右边分别是上下排列的'三横两田'。这'三横'分别代表着三条山脉:阿尔泰山脉、天山山脉和昆仑山脉。这'三横两田'呢,我们新疆人叫'三山夹两盆'。上'田'为北,是准噶尔盆地;下'田'为南,是塔里木盆地。天山,果断地将新疆一分为二成'南疆'和'北疆'。一个'疆'字形象地体现了新疆自然地理的骨架。我们新疆是中国陆地面积最大的省级行政区,这片166万平方公里的土地,写出了一个大大的'疆'字!"话音刚落,大巴车内立即响起了一阵热烈的掌声。

导游小刘喝了一口水之后,又给我们重点讲了天山天池的基本情况:

天山,亚洲内陆中部的大山系,横贯新疆中部,西端伸入哈萨克斯坦和吉尔吉斯斯坦。

博格达峰是天山山脉东段的最高峰,海拔5445米,终年积雪。天山天池风景区,位于博格达峰北坡山腰,距阜康市区37公里,是一个以高山湖泊为中心的自然风景区。北起石门,南到雪线,西达马牙山,东至大东沟,以天池为中心,以四个垂直自然景观带和雪山冰川、高山湖泊为主要特征,以瑶池西王母神话和独特的民族民俗风情为文化内涵,融森林、草原、雪山、人文景观为一体,素有"天山明珠"之誉。2007年,天山天池被国家旅游局评定为国家AAAAA级旅游景区。2013年,又被国土资源部评定为国家地质公园。

大约两个小时后,我们所乘的大巴车从高速公路上下来,缓缓开到了天山天池景区门口。导游小刘为我们统一买了门票之后,带着大家转乘一辆区间大巴车爬到半山腰上,在旅行社指定的饭店吃了午餐。稍事休息之后,我们又换乘另一趟大巴车,沿着蜿蜒曲折的山路,晃晃悠悠地朝天池驶去。

公路两旁皆是山峦,路旁流淌着一条溪流,水流作响。车越往前行,两旁的山峦越显得陡峭,山路也越显得狭窄。

天山天池风景区面积达160平方公里,共设了九个分景区。因为是天山天池风景区一日游,旅行社给大家安排的行程很紧张,所以我们一行人只是跟着导游匆匆忙忙地游览了一下天池和西王母庙,其余景点我们只是泛泛地听了下讲解,所以基本上没有什么印象。

天山天池坐落于博格达峰的半山腰,湖面形状犹如半月,湖面海拔1981

米,南北长3.5公里,东西宽0.8~1.5公里,面积4.9平方公里,最深处105米,湖形南北长、东西窄,是第四纪冰川带来的石块、泥沙堵塞而形成的高山堰塞湖。据传,很久很久以前,天池叫瑶池,是王母娘娘开蟠桃会和洗澡的地方。

终于到了天池边上。举目远眺,脚下这一泓碧波犹如一杯陈年的琼浆玉液,弥散着一股芳香,未及开怀畅饮,便已让人先醉了几分。池水幽蓝清澈、晶莹如玉,一阵阵清风掠过池面,波光潋滟,色彩斑斓;四周群山连绵,云杉环拥,塔松遍岭,绿草如茵;千年冰峰,银装素裹,神峻异常。湖光山色,相得益彰,美不胜收,让人如同身临如梦如幻的仙境之中。这是天池给我的第一印象。

天山天池

天池北岸的码头边停靠着几艘大游艇。我们跟着导游上了其中一艘游艇,在天池里转了一圈。随着游艇的移动,眼前的景色也随时发生着奇妙的变化,让人有些目不暇接。听导游说,天池景区共有三处水面,除了脚下的这个天池之外,东西两边还有两处水面:东小天池和西小天池。东小天池,古名黑龙潭,相传是西王母沐浴洗漱的地方,因而另有“梳洗涧”“洗浴盆”之称。西小天池,又称玉女潭,相传为西王母洗脚之处,状如圆月,池水清澈幽深,四周塔松环抱。天池东南面是雄伟的博格达(蒙古语,意为灵山、圣山)主峰,海拔为5445米。主峰左右又有两峰相连,三峰并起,突兀插云,状如笔架。天池北岸上长着一株枝叶繁茂的古榆树,被称为“定海神针”。相传,天池水怪嫉恨西王母而兴风作浪,西王母从云鬓间拔下金簪投入水中,从而化为一棵粗壮的榆树,锁镇了水怪。此后,无论天池水位怎样上涨,始终淹不到此树根部。

十几分钟后,游艇拉着我们在东边另一个码头靠岸了。上岸后,导游对大家说:“沿着台阶上去是西王母庙,你们自己上去转,请大家务必在17:30赶回我们下车的那个广场,没有及时赶到的人,我们也不等,自己想办法搭车回乌鲁木齐吧。”说完,他便将我们委托给了一个身穿道袍的小伙子接待。这个身穿道袍的年轻人领着我们登台阶,去拜谒山上的瑶池宫和娘娘庙。一路上,他给我们讲述了一些道教及与西王母有关的故事传说。

天池,很早就被人们看作是西王母的瑶池了,现在天池的东北面山坡上还留有西王母庙遗址。西王母庙,又称娘娘庙。西王母,尊称王母娘娘,在道教神仙体系中是天宫所有女仙及天地间一切阴气的首领,是护佑婚姻和掌管生儿育女之事的女神。而据《四库全书总目提要》载:“西王母者,不过是西方一国君。”《山海经》里对西王母是这样描写的:“其状如人,豹尾虎齿而善啸,蓬发戴胜。”可见,这个西王母的形象是挺可怕的。东汉末年,道教兴起。道徒们将西王母请入道门供奉膜拜,尊为天界之首。据说,天池娘娘庙当年建筑规模宏大,香火旺盛,1932 年毁于战火。20 世纪 80 年代末 90 年代初,海内外华人多次受到西王母托梦,因此来中国大西北寻找梦中仙境的人络绎不绝。1992 年,台湾道教慈惠堂总道长周文义在原娘娘庙遗址上兴建了现今的娘娘庙。

西王母庙

据《穆天子传·卷三》载："乙丑，天子觞西王母于瑶池之上。"传说3000年前，边塞部落首领西王母生日那天（古历三月三日），邀请各路神仙在瑶池聚会。会后，西王母派太白金星查看凡间境况。太白金星在凡间见百姓安居乐业，和睦相处，与上界相差无几，返回后向西王母做了如实描述。王母有疑惑，就让太白金星到凡间请来周穆王。西王母见到周穆王后，相信了太白金星的话。三日后，王母亲自领着周穆王游看蟠桃园和瑶池，并设蟠桃宴款待。酒酣之际，西王母唱道："嘉名不迁，我惟帝女。"周穆王则亲植青槐回应，且手书"西王母之山"，刻碑立于树旁。临别，周穆王依依不舍地表示，三年后再来相聚……

这是一个美好的富有人情味的传说，激发了古往今来不少文人墨客的无尽遐想。唐代著名诗人李商隐曾就此事写诗感怀道：

瑶池阿母绮窗开，黄竹歌声动地哀。
八骏日行三万里，穆王何事不重来。

天山天池的自然风景奇美俊秀，因了这些动人的历史传说和神话故事，又平添了无限神秘浪漫的色彩。以至于后人趋之若鹜，纷至沓来，留下了不少诗文佳作。

兴定三年（1219），长春真人丘处机（1148—1227）曾应元太祖成吉思汗诏命，率弟子西行，一路讲经布道，修寺建观。这位走遍名山大川的道教全真派首领经过阜康，登临天山瑶池和博格达峰后激情难抑，写下了一首题为《宿轮台东南望阴山》的诗篇：

三峰并起插云寒，四壁横陈绕涧盘。
雪岭界天人不到，冰池耀日俗难观。
岩深可避刀兵害，水众能滋稼穑干。
名镇北方为第一，无人写向画图看。

清代乾隆四十八年（1783），乌鲁木齐都统明亮在他记述当时引水下山、灌溉农田的《灵山天池疏凿水渠碑记》中，借"见神池浩淼，如天镜浮空"一句中的"天池"二字命名了天山之上的这座天然湖泊。

上世纪70年代初，郭沫若陪同柬埔寨宾努亲王和英·萨利特使等人游览天山天池之后，曾写过一首题为《天池即兴》的七律：

里加游览忆当年，此地风光胜似前。
歌舞水边迎贵客，云笺天上待诗篇。
一池浓墨盛砚底，万木长毫挺笔端。
更喜今晨双狍子，盛筵助兴酒如泉。

1986 年 9 月，著名红学研究专家冯其庸先生在游览了天山天池之后，也曾口占过一首绝句：

群玉山头见雪峰，瑶台阿母已无踪。
天池留得秋波绿，疑是浮槎到月宫。

天山天池固然很美，但由于时间限制，我们无法在这里久留。在从天山天池回来的路上，大巴车上一直放着新疆民歌。那些美妙的旋律、动听的歌声，令我心醉神迷。

傍晚，亚会请我在河南路附近的一家饭馆吃饭。我一时高兴，喝了两瓶红乌苏啤酒，诗兴大发，也瞎诌了一首歪诗：

泛舟瑶池上，琼液恣意饮。
志在万仞岗，欲乘南天云。

十四

7月18日是一个令我十分难忘的日子。

这一天刚好是伊斯兰教今年的肉孜节，是我表外甥女罗亚会的结婚十周年纪念日，也是我离开乌鲁木齐的日子。

新疆自古以来就是多民族聚居区，在这片166万平方公里的土地上聚居着汉族、维吾尔族、哈萨克族、回族、蒙古族、柯尔克孜族等多个民族。同时，生活在这块土地上的各个民族的人民也都有着各自的宗教信仰。伊斯兰教在中国曾被称作“回教”“清真教”“天方教”等，大约是公元10世纪由波斯传入新疆的，虽然时间不长，但信奉的民族和教徒较多。至今，新疆信仰伊斯兰教的民族共七个，有教徒几百万人。作为新疆省会的乌鲁木齐市，是中国少数民族聚居最多的城市，也是伊斯兰教徒最多的城市。

肉孜节是伊斯兰教教民的一个重大节日。以伊斯兰教历法，按月球环绕地球之行计算，亦即阴历的第九个月为“莱麦丹月”，教徒们要守斋。今年自阳历6月27日开始，伊斯兰教民从4:20之前吃过早餐，19:10分之后才能吃清淡晚餐，一直坚持到7月18日才能开斋。开斋当日即为肉孜节。这一天，伊斯兰教徒要沐浴净身，炸油香，吃粉汤，像过年一样穿上盛装走亲访友，互道“色俩目”(祝你平安之意)。

表外甥女罗亚会和我同岁，我们在绛帐高中上学时还是同一级校友。她也曾在西安工作过两三年，2005年谈了一个在乌鲁木齐工作的对象，很快就结婚安家了。当年，我们都在西安工作时还常有走动，可是自她去乌鲁木齐之后，我们就再也没有见过面。我到乌鲁木齐的当天，听她说，她的丈夫穆希宽正在外地出差，打电话让她招待好我，他会尽快赶回来与我相见。不巧的是，她的儿子暑假期间回乡下老家去了，我没有见到。

我的表外甥女婿穆希宽是在肉孜节当天凌晨1点多才回到乌鲁木齐市家里的。他原本想与我好好喝顿酒,到家后见我已经入睡,便没有打扰。早晨起床后,我们在客厅碰面了。虽说是初次碰面,却一见如故,彼此大有相见恨晚的感觉,交流了很长时间。他对我特别客气,一口一声“舅舅”地叫着,又是发烟,又是倒水,热情得让我有些受不了。通过交谈我才知道,他比我还年长一岁,老家在甘肃临夏,上高中和当兵期间也很喜欢读书和写作,还曾在报刊上发表过不少文章。我问他现在还经常写文章吗?他说他从部队复员以后,打了几年工,几年前开了一个建筑工程公司,成天忙着事业应酬,早就把写作荒废了。他还说,我给亚会邮寄的两本书,他都看了,很佩服我的文采和毅力。我说,希望他多批评指正。他说他只有学习的份,哪敢批评呢。我说:“想不到你也是一个文学爱好者,不过没有坚持下来,太可惜了。”他说:“舅舅,你来一趟挺不容易,如果不是因为你提前订好火车票的话,我开车带你到新疆各地好好玩一下。”我说:“时间太紧,你们又都很忙,等我下次来新疆再说。”他看了一下表,已经10点多了,便说:“咱们去外面吃顿早饭,中午我们叫一些朋友,好好喝一顿酒,算是为你饯行吧。”我说:“不用这么客气,随便吃顿饭就行。”他说:“饭店已经提前预订好了,你不用操心了。”

因为这天伊斯兰教过肉孜节,他家所在的社区门口的那几家清真饭店都没有营业。于是,我们便去附近的友好超市小吃一条街里吃了一顿椒麻鸡凉拌面。

吃罢早饭,我们又一起回到了社区门口。希宽的一个老乡在社区门口开了一间果蔬店,大家坐在一起闲聊了半个多小时。然后,希宽的那位老乡开着面包车,将我们拉到了沙依巴克区钱塘路上的雪莲酒店。

预订的包间里设了两张饭桌,我们进去的时候,里面已坐下了十几个人。我看到桌子旁边放着一个投影仪,墙角立着一个幻灯幕布,心里感觉有些奇怪,但没有说什么。希宽当着大家的面介绍了一下我,然后又将他们一一介绍给我认识。除过几个小孩子外,这帮朋友看起来都比我年纪略大一些。他们听说我是希宽和亚会的舅舅,也都客气地叫我“舅舅”。我说:“我年纪轻呢,你们可不敢这么叫呀。”他们说:“希宽和亚会的舅舅就是我们的舅舅,辈分不能乱啊!”我嘿嘿笑了一下,也不好再说什么,只好硬着头皮接受他们对我“舅舅”的称呼。

等大家全部落座之后,一个姓代的美女坐在投影仪跟前说:“各位朋友,大家好！今天是穆希宽和罗亚会结婚十周年纪念日，在正式开席之前，请大家一起观看一下我和女儿精心制作的PPT。”说罢，她便播放起了PPT。这个PPT里插了希宽和亚会，还有他俩和儿子的很多合影照片，每张照片下面还配有文字。从这个PPT里，我看到了亚会和希宽这十年婚姻生活的轨迹，为那一幕幕幸福甜蜜的精彩留影而深深感动。看完PPT，我对亚会说：“今天是你和希宽的结婚十周年纪念日，你咋不早点给我透露一下，舅舅也好为你们准备一份礼物呀。”她说：“舅舅，你大老远来看望我们，参加我们的结婚十周年纪念日活动，我们都很高兴，还送什么礼物啊，大家都好久没见了，借此机会吃顿便饭不是挺好的吗？”

俗话说，无酒不成席，何况又恰逢希宽和亚会的结婚十周年纪念日，饭桌上自然少不了酒。因为我喝不了白酒，只好以红酒代替。看完PPT，大家共同举杯为希宽和亚会进行祝贺，他俩又为大家一一敬酒……包间里的气氛非常热闹。

在这样一个特殊的日子，在这样一个特殊的场合，我的心情是复杂的。几杯红酒下去之后，我的情绪很快高涨起来，便端起一杯红酒，离开座位，站在桌子旁边的一片空地上，即兴发表了一段激情洋溢的讲话。在这段讲话里，我表达了对亚会和希宽及大家的感谢和祝福，也分享了一下我此次西行的见闻和感受，并邀请大家有空到西安做客。我的讲话刚落音，包间里旋即响起一阵热烈的掌声……

那天中午，我兴致颇高，一个人干了近一瓶红酒。饭局结束后，我带着几分醉意，回到亚会家里睡了一觉。

我正睡得迷迷糊糊，亚会猛然叫醒了我，已经20点多了。我取出火车票看了一下，是21:39的火车，还有一个半小时，便赶紧去收拾自己的行李。

亚会和希宽帮我拿着行李，我们一起下楼，坐上那个在社区门口开果蔬店的朋友的面包车，十几分钟后便到了火车站。

火车站广场上设了两道安检关卡。走到第二道关卡跟前时，西宽说：“舅舅，我们只能送你到这里，你路上多保重！”我说：“谢谢你们的热情招待，天气太热了，你们赶快回去休息吧，以后常联系，回陕西了记得给我打电话。”

来西部旅行已经十几天了，难免归乡心切，可是当火车启动的那一刻，我却有几分留恋不舍，亦有些遗憾。留恋的是这段日子里我所游历过的这片美丽的西部山川风土，遗憾的是还有很多丝绸之路上的历史名胜我还未曾叩访,比如:麦积山石窟、玉门关、敦煌莫高窟、娜娜提草原、喀纳斯、塔里木河……人生中难免会有一些遗憾,残缺本身也是一种美呢。正是因为有遗憾,有残缺,人才会不断地去向往,去希冀,去追求。我想,有机会,我还会再来一趟西部,再走一趟丝绸之路,看看那些已经看过的地方的变化,走走那些不曾到过的地方。

很快,乌鲁木齐这座城市被远远地抛在了身后,戈壁滩慢慢出现于眼前,我的内心瞬间苍凉了起来。

去,有时是一种争取。
爱,有时是一种撤离。
离去的时候,
可能意味着拥有。
拥有的时候,
可能意味着离去。

想起几年前读过的这首小诗,我的心中平静了许多。是的,我已经争取过了,可以无悔了;我已经拥有过了,可以无憾了。一切,就这样顺其自然地过去吧!

太阳渐渐落山了,火车在漫无边际的黑夜里飞驰,一段漫长而曲折的道路向着古都西安延伸……

“2100多年前,中国汉代的张骞肩负和平友好使命,两次出使中亚,开启了中国同中亚各国友好交往的大门,开辟出一条横贯东西、连接欧亚的丝绸之路。

“我的家乡在陕西,就位于古丝绸之路的起点,站在这里,回首历史,我仿佛听到了山间回荡的声声驼铃,看到了大漠飘飞的袅袅炊烟。这一切,让我感到十分亲切……”

下火车后,穿过人潮汹涌的西安火车站广场,站到城墙下面时,我的耳畔响起了习近平总书记在哈萨克斯坦纳扎尔巴耶夫大学演讲中的这句话,心里感到十分亲切和自豪。

2015年8月4日—8月27日初稿
2017年6月16日—6月22日二稿
2017年10月20日—10月30日定稿

下卷　入蜀纪行

入蜀纪行

地处中国西南腹地的四川省以“天府之国”的美誉而著称，我对这里向往和关注已经很久了。我的母亲出生于乐山市金口河区，我身上流淌着四川人的血液，因此也就于四川感觉格外亲近了。孩提时，曾随父母去金口河区探过一次亲，但那时我年纪太小了，脑子里没有留下丝毫的记忆。七八年前，我曾多次到成都、德阳出差，对四川的印象很好，可是一直没有机会再去过金口河，为此心里常觉得十分遗憾。

2017 年 7 月下旬，也就是在家父去世两个多月之后，我决定与小时候在金口河上过学的三姐陪同母亲去趟四川，探望一下那边的亲人。我们从杨凌出发到达金口河，于 8 月 7 日返回了家乡扶风县。此次探亲之旅历时半个月，我们一行三人先后走访了金口河城区和乡下的几家亲戚，受到了亲人们的热情款待，让我切实感受到亲情的温暖和可贵。同时，我们也游览了那边的山水风光，增长了我个人对那边地域文化和风土人情方面知识的积累……于我，这是一段终生难以忘怀的且非常宝贵的人生经历。

回到古都西安后，我花费整整一个月时间，潜心完成了这部题为《入蜀纪行》的系列旅行随笔，心里感到特别的安稳和欢悦。这部长篇系列旅行随笔，以我们一行三人在四川的日常行踪为主要线索，记述了在乐山市金口河区城乡旅途中的大部分见闻感受，描写了那边的山水景物，介绍了那边的风土人情，以此抒发我对四川大好山川的赞美和生活在那片土地上的可爱的亲人们的热爱之情……

一

7月的黄昏，遥远的天际泛着一道道烂漫的晚霞，八百里秦川大地正笼罩在异常炎热的空气之中。

我和三姐陪同母亲，乘坐一辆中巴车从家乡扶风县绛帐镇的西闸口出发，赶到了东边约15公里之外的杨凌农业高新技术产业示范区，20:48登上了开往成都的K879次列车。列车驶离车站时，天色刚黑下来，车厢内开着空调，瞬间感觉凉快了下来。

过了宝鸡站之后，列车一头钻进了秦岭山中，窗外的景象渐渐看不大清楚，愈发感到了清凉。终于算是逃离了关中平原上的重重热浪，心里轻松了很多，也更多了些期盼，期盼着早早赶到四川，见到那边的亲人。我们仨都有些兴奋，在车窗边对坐着，一边吃着零食，一边拉着闲话，一晚上没太怎么睡觉。

翌日，由于火车晚点，我们在12:30才到了成都火车站。下车之前，四川二姨娘的二女儿简秀林曾发来信息，让我们下火车之后坐城北客运站开往金口河的大巴车，那趟班车一天只有两趟，上午一趟，下午一趟；下午那趟车如果赶不上的话，就只能坐13:30之前那趟去乐山的汽车，但这样就有些绕路了。为了赶上下午那趟开往金口河区的大巴汽车，我们一出火车站就急匆匆地往城北客运站赶，连午饭都没来得及吃。七八年前，我虽曾多次来过成都，但对这座城市的地形路线还不熟悉。我们担心误了车次，费了很多口舌，才在火车站广场挡下了一辆出租车。没想到车才走了两三分钟，司机便说到站了。我以为是司机宰我们，便先下车看了一下，马路对面正好是城北客运站。这下我才明白为什么那么多辆出租车不愿意拉我们过去呢，原来城北客运站就在火车站跟前啊！即便如此，我们还是没能赶上那趟去金口河区的班车，所以只好买了去乐山的车票。

我和母亲、姐姐在车上闲聊起来。因为我们说的是陕西话，有一位坐在前排看起来约 40 岁的男子主动和我搭讪起来，说的竟然也是陕西话。一问才知道他姓何，是西安人，他们公司的一个项目在乐山地区，这次是要去金口河出差。在外地的汽车上碰到了陕西老乡，而且去的又是同一个地方，我们自然是倍感亲切了。一路上，我和老乡用陕西方言聊了很多，彼此还加了微信。

汽车驶出成都市区后，很快就上了一条高速公路。公路两边是平川，不时能看到远处高低起伏的山岭，但山头并不高，大朵大朵明灿灿的白云在不远处粘着不动。公路两边是大片的绿中略带浅黄的田野。三姐突然说："怎么种了这么多韭菜？"我趴在车窗上仔细瞧了一阵，哪里是韭菜呀，这分明是水稻嘛！我们关中平原上是不产水稻的，难怪三姐会错将水稻认成韭菜呢！毕竟，我曾见过水稻图片，所以还是一眼就能认出来。看到这一大片的稻田，我确信真的已经是到了四川地面。这里和关中平原上的风物不同，我不免有种新鲜、陌生却欢喜的感觉。

大约两个半小时之后，到了乐山市的某个车站，但那里并没有去往金口河区的班车。我们在路边打听了一下，说是要到另外一个车站去坐车。那位陕西老乡说："这里咱们都不熟悉，也不知道坐什么公交车过去，咱们都带着行李，很是不便，不如干脆打的过去吧！"于是，我们在路边拦了一辆出租车。十几分钟之后，到了另一个汽车站门口，老乡抢先付了车票。我的心里感到些许歉意，觉得这真是一个热心人和实诚人。

我们转上了去金口河的汽车，心里才算踏实了下来。我问司机："多久能到？"司机说："如果不堵车的话，大概两个半小时后就到站了。"开始在高速公路上的时候，行车很顺利，可是过了峨眉山市之后，便慢慢转到了一条普通公路上，汽车一头钻入了山中。大山里的公路是细窄的，蜿蜒在山谷边上，而那深大的谷沟里有一条大河，就是著名的大渡河。山中的空气很清爽，略带着淋漓的湿气，间或飘着些许霭岚。走着走着，忽然下雨了，山路两边以及山坡上的草木愈发显得青翠可人——这些植物大多是我没见过的。时而也能看到一丛丛挺拔的竹林，还有零星分散的山路边盖着木板房的人家。这样的风土景象，跟我之前的想象是不大一样的，虽然有些陌生之感，却使我有种莫名的喜悦。

汽车慢慢地行转到了山谷里,一座小城忽然出现在眼底,淡绿而略黄的大渡河呼啸着从城中贯穿而过,远远望去,山腰上到处是多层的小楼房,蓝顶的、红顶的,在一片深绿的大山的衬托下显得格外明艳。我以为这就是金口河区了,便收拾行李,让母亲和三姐准备下车。司机却说:"不要心急,这是峨边县城,下一站才到金口河区呢。"

峨边县城

峨边是一个彝族自治县,隶属四川省乐山市管辖,位于四川省南部的小凉山区,与佛教圣地峨眉山毗邻,是通往大凉山的门户。该县地处西南边陲,历史悠久,秦时属蜀郡,汉时属犍为郡,清时置峨边厅,1914年改为峨边县,1949年12月峨边解放,1955年隶属凉山彝族自治州。自1984年成立彝族自治县以后,才隶属乐山市管辖,是少数民族边远山区县和省级贫困县。

记得小时候听母亲说过,她的老家和平村以前曾属于峨边县管辖。我想既然已经到了峨边县,那距离金口河区应该不远了吧。于是,我暂且按捺下了激动的心情,身子随着汽车继续颠簸起来。

穿过峨边县城,汽车又开始向山上慢慢攀爬了,路却是越来越窄,拐弯也越来越多。我不免担心起来:这样既窄且陡的公路,对面要是过来车,如何躲得开呢?才走了几分钟,从一个大的拐弯处下来了几辆汽车,路果然就堵上了。拐弯处靠着山脚的地方有一个豁口,他们就在那里腾挪位置。费了半天工夫,车才错开了,我们的汽车又慢慢地朝山上蠕动起来……这样的情况,发生了很多次,路上耽误了至少有一个小时。山上的手机信号不好,我给秀林表姐发微信消息,却总是发不出去。我原本的好心情,几乎这样被慢慢消磨殆尽了。

赶在天黑之前,汽车终于抵达了目的地——金口河区。表哥简晓荣和表姐简秀林在汽车站的院子里热情地接应了我们。我和这两位老表虽是初次见面,但多年来长期保持着网络上的交流,故而并没有觉得彼此之间存在着陌生感。

金口河区

二姨娘有四个孩子:老大简晓荣、老二简秀华、老三简秀林、老四简明华。老四在广州那边承包建筑工程,说是过几天回来。二姨娘家的三个儿女、三姨娘的三个女儿及女婿们在二姨娘家所住小区对面的一条街上的十里香饭店为我们设宴接风。这个饭店看着不大,饭菜却非常可口。古稀之年的二姨父知道我们来了,也亲自过来作陪。二姨娘因为前段时间一只脚不小心被烫伤了,所以没有过来。二姨父名叫简仕全,曾到我们陕西老家去过两次,他留给我的印象很深刻。他个头不高,身材清瘦,两道眉毛既浓又长,穿着背心和短裤,看起来很随性的样子。我有十年未见他了,这次重逢,发现他的头发几乎全白了,步履有些蹒跚了。秀华姐五六年前随一个旅行社来陕西旅游,我们曾在西安易俗社附近的一家宾馆里见过一面,这次重逢,感觉她似乎没有多少变化。其他几位老表虽是第一次相见,却和我聊得很投机。他们不停地给我们碗里拈菜(四川方言,夹菜的意思),不停地劝酒。诸多亲人的热情让我们感到非常温暖和亲切。身处这样的热闹喜悦气氛之中，我便没有了任何拘束，放开了去喝，四五瓶啤酒下去，头脑居然还是清醒的呢！

散席后，我们一同去了二姨父家。自2006年底二姨娘和二姨父来陕西老家参加了我的婚礼之后，我就再没见过她了。此番相见，彼此都很高兴。我曾见过母亲的四个姊妹的相片，二姨娘的容貌神态和母亲最是相像，慈善和蔼，只是说的是纯四川话，且语速很快，好多我听得不大明白。放下行李后，我们坐在了沙发上叙话。我看到二姨娘的一只脚上缠着纱布，便问候了一下她的伤情，让她好生休养，不要心急。大约半个小时后，晓荣哥说难得今晚聚这么多老表，他请大家出去唱歌。于是，我们这些年轻的兄弟姐妹们便一块去了大渡河边的一家KTV，直到午夜时分才回家。

那晚，我们住在二姨娘家里。她家住的那栋楼外是金口河区的一条绕城马路，马路旁边是自南向北流动的大渡河。也许是因为喝多了啤酒，也许是因为水流太响，我躺在床上翻来覆去，迟迟难以入梦。

二

乍到金口河当晚我睡得太晚,所以第二天早上迟迟起不来。二姨娘喊吃饭好几次了,我才挣扎着起床去洗漱。

二姨娘、二姨父、母亲、三姐,他们坐在客厅的饭桌旁拉着家常。晓荣哥、秀林姐虽然没有和二姨娘、二姨父一起住,但都赶过来吃饭了。我心里感觉很高兴,却对于别人等我这么久稍感歉意。

长方形的木制饭桌上被碗碟挤得满满当当:水煮的嫩苞谷棒儿、土豆、旱黄瓜、瓜瓜(四川小番瓜),当然少不了腊肉,还有稀饭。我惊叹地说:“这么多菜啊!”二姨娘和二姨父用异常平静的语气说,他们平时早上也是这么吃的。我说:“在我们陕西老家,早饭是很简单的,苞谷糁、馒头、一两样咸菜或生菜,看来还是你们四川人会吃呢,呵呵……”二姨父递给我一个嫩苞谷棒。这是我今年吃的第一个嫩苞谷棒,啃了两口,香嫩无比。记得昨晚看到过二姨娘家厨房的地面上是有一大堆未剥外衣的绿苞谷棒的。便问:“这么多苞谷棒是从哪儿来的?”二姨娘说:“这是你二姨父的弟弟从老家那边背过来的,昨天下午把苞谷棒往那里一倒,人就走了,连口水都没喝呀。”我这才知道,原来二姨娘的老家那边也是种苞谷的。二姨娘和二姨父不断地给我们碗里拈菜,两位老表也劝我们多吃点,生怕怠慢了我们三个从陕西远道而来的亲人。

吃罢早饭,晓荣哥和秀林姐说:“明天是周一,我们兄妹几个都要去上班,不能陪你们耍了,看你们是今天去民主村的三姨娘家呢,还是在这里待上几天再过去呢?”我想,三姨娘家在山里边,那里风景不错,比金口河城里要凉快一些,待着可能也更自在一些,便说:“我们仨还是先去三姨娘家待上几天再说吧。”晓荣哥说:“那今天上午就开车带你们过去,我们姊妹几个也是好久没有去三姨娘家了,一起过去看看也好。”二姨娘说:“山里边早晚还是有些冷的，估计你们也没带啥厚点的衣服，我给你们找几件衣服带上吧。”说着，她便单脚蹦跳着进了里边的卧室，给母亲、三姐和我各找出一件稍厚些的外套。我们拿着行李，辞别了二姨娘和二姨父，说是过几日再回来聚聚。

大山里除了民主村的三姨娘家之外，还有和平村的二舅妈家、五一村的幺姨娘家。我大概估算了一下，应该至少要走访五家亲戚。于是，在上车之前，我和三姐商量了一下，在路口边上的一家超市里买了五份礼品，每份三样。我和母亲、三姐、秀林姐坐上晓荣哥的轿车，秀华姐和三姨娘的几个女儿女婿坐上了秀林姐女婿的一辆小货车，一起离开了金口河小城，朝永胜乡那边去了。

途经寿屏山中水墨顺河村风景区，我们在那里流连了半个多小时。

顺河村是通往国家级大瓦山国家湿地公园的一道门户。该村本是乐山市金口河区永胜乡的一个贫困小山村，几年前由政府投资数千万元，村民自筹了一部分资金，统一规划、设计，建成了一个乡村旅游项目，2013 年被列为“乐山市彝家新寨建设重点示范村”。

顺河村坐落在顺民公路旁的一块平坦的山地上，村边是一道峡谷，峡谷里是宽约十几米的顺河，真可谓是“有山有水，山水交错”。村里的民居是由政府统一修建的古典和现代风格结合的多层楼房，墙体是用大理石砌的，装着铝合金门窗，看起来干净而漂亮。村里有三四十户人家，一律都没有修院墙，几乎每家都经营着农家乐，游客过来既能吃饭，还可以住宿。有些人家的外墙上还绘制了巨幅水墨画，或者刷着宣传新农村建设的大字标语。这些民居的庭前院后除了种有豆角、豇豆、毛豆、丝瓜等时令蔬菜之外，还栽了桃树、李子、猕猴桃等果树及观赏性的花草树木，菜园子和那些路边的草木之间有不少土鸡在自由散漫地觅食。我们行走在村里用石板铺就的小路上，一边欣赏美景，一边拍照留念，恍若进入了世外桃源。

11:30 左右，途经永胜乡街道，晓荣哥和秀林姐带我们去看了一下他们家的老房子。

我们是从街道北头进去的，首先映入眼帘的是一座木瓦结构的老房子，侧墙上挂了几个竹编的大筛子，每个筛子上写着一个红字，组合起来是一句话：永远跟党走。墙脚堆着一些柴火，上面爬了一些绿色的藤蔓。街道有四五米宽，是水泥打的，两边是村民家，一楼大都是商铺。一些人家的大门口坐着上了年纪的老人,他们头上不是戴着毛线帽子,就是缠着黑布圈,一个个看起来眼眶很深,目光里透着单纯朴素的气息。一个老头目光平静地看着我们,嘴上吧嗒吧嗒地抽着旱烟。一个穿着淡蓝色睡衣的中年妇女站在门口,端着一碗饭,却不急着去吃,不眨眼地瞅着我们从她身边经过,似乎是在猜想我们究竟是从哪里来的客人。

走了四五十米,晓荣哥和秀林姐停下了脚步,用手指着右边的一座房子说:"这就是我们老家。"

那是一座三四十年前修建的那种二层木板楼房。走入宽约一米的过道,我们依次看到一楼有几间屋子,但都挂了锁子。厨房的门扇虽然开着,但里面锅灶上的铁锅都没有了,橱柜上也是空空如也,空气中弥漫着一股淡淡的潮霉气息。后门外有一个通往下面的入口,我瞅了一下,下面是一层石筑的地下室,这里过去曾养过猪和鸡。后院是一片竹林,竹林边有一条小河,不远处就是大山。晓荣哥还带我们上二楼看了一下,有间房子是卧室,房门是开着的,里面有一张老式的木床,木地板上胡乱堆放着一些杂物。三姐说,她小时候曾在这里上过学,与秀林姐曾在这间房子住过,没想到这么多年过去了,这座老房子基本上没啥变化。

二姨父老家门前合影

关于三姐在这边上学的事情,我多次听父母亲讲起过。二姨父以前是一名乡村小学教师,有一年去东北出差,返程时路过扶风县绛帐镇火车站,顺便到我家探了一次亲——那是他第一次过来。那年,三姐刚十岁,她喜欢二姨父的和蔼、风趣,又听二姨父说他们四川老家那边特别好玩,便起了很大的心思,厮跟着二姨夫过去了。到了金口河永胜乡那边以后,三姐起初还觉得那里的风土人情、生活方式与我们关中平原大有不同,觉着新鲜有趣,便和秀林一起在乡上小学读书。可是，她很快就觉得生活不习惯了，加之那时候毕竟年纪还小，经常和与其年岁相仿的秀林姐为抢吃土豆之类的芝麻小事闹起别扭，所以就后悔来到这里。约略半年之后，父亲有些想念他的小女儿，便给四川那边去了一封信。二姨父收到家书之后，念给三姐听，三姐更想家了，便天天闹腾着要回陕西老家去，不管二姨父怎么哄都无济于事。于是，二姨父便给父亲回了一封信，约好送三姐回陕西的时间，让父亲在绵阳火车站接人。从此，三姐就再没有去过四川。多年以后，三姐曾多次说到此事，言语中不无懊悔之意，说她当年如果留在四川继续读书的话，说不定现在是如何光景呢。我们听罢总是一笑了之。

以前，我曾多次听父母讲过他们第一次回四川探亲的事情。那年冬天，他们第一次回四川探亲，当时的我大约两岁，是被妈妈背着过去的。母亲毕竟有20多年没回过家乡了，那时的交通、通信又不发达，一路上费了很多周折。话说到了永胜乡之后，我们曾在二姨家住过一段时间。可惜当时我的年纪太小，对于那段美好的日子根本没了一丁点记忆。后来，大约每隔十年，父母都要回四川探一次亲，因为当时我正在上学，就再没有机会跟着去过了。于我而言，这是非常遗憾的事情。

二姨父在乡上的小学教了几年书之后，被调到了金口河区畜牧局工作。四个儿女相继参加工作之后，二姨父便将二姨娘从乡下接到了金口河小城，在这里安了家。从那以后，他们俩回乡下的日子就越来越少，老家的那座木板房便渐渐废弃了。不过，他们老家一楼有一间商铺，多年前租给一个亲戚做商店用了。晓荣哥说："商铺闲着也是闲着，让亲戚经营着，也能顺便帮我们照管一下家里，你们二姨娘和姨父说是等孙子都大了之后，他们将来还是要回来住的，落叶归根嘛。"

也许是我30多年前曾在二姨娘家的这座木板楼上住过一段日子吧，故而对这里有一种陌生而熟悉的感觉。当三姐再次走进这座木板楼以后，脸上洋溢着几丝欣喜和激动的神色。她说自己仍清晰地记得这里的格局和摆设，还用手给我和母亲指看，说哪间是厨房，哪间是她当年住过的卧室……

可惜的是，这座木板楼里长时间没有住人，感觉太过阴凉，甚至有些潮湿，二楼的棚顶上有几处残破的痕迹。我的心里不免生了些许淡淡的伤感情绪。记得有人说过，人是房子的主人，房子如果长期没人住的话，会腐朽得很快的。

三

我们离开永胜乡街道之后,不消十分钟就来到了民主村。

三姨娘家的住宅在半山腰上水泥公路旁边拐弯处的一块平坦地方,与这里的很多人家一样,也是独户独院,没有院墙和大门。院子入口旁有一方水池子,上面的水龙头正往外哗哗地流着水。

站在大路上,这座宅院的情形远远地便可一览无余。房子整体呈倒"凹"字形,横向跨度30多米,墙体是由没有上漆的厚木板竖着拼接而成,房顶上苫着一层黛色的瓦片。房子正中屋檐下挂满了金灿灿的玉米棒子。房子左边拐出来的那一段偏房的房台上码摞着很多劈好的木柴,柱子上拴着一条黑色的大狼狗。房子右边拐出来的偏房檐下的铁丝上挂满了各种颜色和款式的衣服,房台上搁着一个竹编的筛子,里面晒着刚挖回来不久的黄连。水龙头后边,也就是院子入口处的水泥高台上面有一个洗澡间。院子用不规则的大块青石铺成,但显得很是平整,院子中心区域铺着一张彩条布,晒着一些黑黝黝的油菜籽。宅院旁边有一大片开垦出来的山地,种着苞谷及各种时令蔬菜瓜果。这座宅院至少应该也有三四十年以上的历史了,散发着一股古老而简朴的气息。

三姨娘家里有五朵"金花":老大陈华琼、老二陈晓芬、老三陈晓琴、老四陈晓艳、老五陈晓芳。昨晚金口河城区的那场聚会,在座的就有晓琴、晓艳、晓芳三朵金花以及三个表姐夫:宋思明、王小林、周健。今天,他们也都陪我们进山了。

我们刚走到院子入口,一个穿着深蓝色短袖和裤子、中等个头、国字脸型、肤色黧黑的大汉走了出来,手里夹着一支香烟,面带微笑地喊了一声:"省平,你们都来了啊!"此人年纪有60多岁,我想必是三姨父无疑了,便大声回话:“姨父,我们来看你喽!”三姨父笑呵呵地走过来迎接我们,帮忙搬下了车上的行李和礼品。

穿了一身墨绿底子带花衬衫,脑后绾着发髻的三姨娘三步并作两步地走过来,望着母亲高兴地说道:“大姐,你们可来喽!”然后接住了我们手里的行李,让我们先坐下来休息一会儿。很快,华琼表姐及其丈夫代照明也过来和我们打招呼。一只淡土黄色的小宠物狗跟在他们后边,汪汪汪地叫着,似乎也在欢迎我们的到来。三姨娘一家人的热情迎接和亲切问候,让我们顿时感觉心里特别温暖。

我们和三姨、三姨父合影

大家坐在屋檐下说笑,还一起拍了合影,院子里原本安静的气氛立即喧闹了起来。

三姨娘、华琼姐先到厨房里做饭去了。秀林姐和三姐亦毫不见外,也过去帮忙了。我去厨房打了个转身,看到她们喜悦而忙碌的情景,心里徒生羡慕之情,只恨自己不懂厨艺,插不进手。

终于开饭了。两张方桌上摆满了大大小小的碗碟,皆是地道的农家特色:烤土豆、煮豆角、推豆花、炒腊肉、拌熏肠、黄瓜汤,除过大米是从集市上买的,其他食材都是三姨娘家里的出产,是绝对的绿色天然无公害产品,味道很清淡,吃着极其爽口。

三姨娘是一个很热情的人,不断地给我们碗里拈菜,劝我们多吃点。还未等我们吃完碗里的米饭,她便趁我们不注意给我们碗里又添上了一勺。这大概是四川女人共同之处,她们大概是生怕慢待了客人吧。记得母亲以前也是这样,后来因为很多次给我们添饭,我们躲闪得很快,饭掉在了桌子或地上,在父亲数落过几次之后,母亲才没有再给我们碗里添过饭。我说出这件往事,大家都笑了。

三姨父名叫陈仲高,父亲生前经常提到他,说他是一个极为热情而实在的人,比较好耍,喜欢吹牛(四川方言,聊天的意思)。这次见到他的真人,果不其然。他说的是一口四川方言,语速较慢,我基本上都能听得懂。我说的是普通话,有时也故意夹杂几句四川话,他完全能听明白。我俩是邻座,聊得非常热火。他拿出一桶天麻虫草药酒,要和我一起喝。我向来不善饮酒,对于药酒更是很少去喝的,连忙说:“这种酒喝不来,只喝点茶便好呢。”他说:“到了我们四川地面,哪能不喝酒呢?”说着就从屋里拎出一件啤酒,一连开了五罐摆在了我的面前。这次,我不好再拒绝,一边吃菜,一边继续和他吹牛。他吃菜不多,频频举杯,连连抽烟。他的豪爽大方,我十分喜欢,自己也就放开喝酒,率性抽烟,其他事情全然不管了。

大山里非常凉快,但吃过酒菜之后,身上就慢慢发热了。我脱去短袖,穿着背心,继续与三姨父碰杯,酒酣耳热之际,彼此似乎都忘却了辈分,俨然兄弟一般亲近,话便越来越多……不时有凉风从对面的山坡上吹来,轻轻拂身而过,感觉很是惬意!第一次在山村农家喝酒,忽然觉着这山里的岁月竟是如此这般的静好清平,只恨自己的到来稍晚了些。

酒足饭饱之后,三姨父给我泡了一杯他们家自产的白茶(他称之为家茶),我们就又坐在屋檐下继续闲聊,聊四川和陕西的风俗,聊我在西安的工作,聊他家的光景,还聊到了我的父母多次来这里探亲的事情……一个多小时后,我和母亲、三姐都感觉有些困倦了,便回屋午睡去了。起来后,三姨娘、三姨父和几个表姐、表姐夫以及他们的孩子坐在房台、院子里说话。我说:“你们都没午休么?”他们说,这边人没有午休的习惯。

到了半下午,老表们说附近有一座著名的大瓦山,风景特别好,要带我和三姐过去耍一下。几年前,我就多次在秀华、秀林两位表姐的 QQ 空间和微信朋友圈里看到过一些有关大瓦山的文字和图片,知道这是她们一直颇引以为豪的家乡的著名景区,一直想着能有机会过去领略一下它的风采,这次终于可以了却夙愿了。

我们驱车从三姨娘家出发,约莫半个小时就来到目的地。我们首先看到路边横卧着一块巨如房屋的长满一层绿苔的石头,中心横刻着一行红色的大字:大瓦山国家湿地公园。抬首举目,只见天上的一大团阴云忽然散去,一座巨大的平顶的山峰突兀地耸立在眼前,它的形状看起来既像一张桌子,又像是一艘方舟,极其雄伟壮观!

哦,大瓦山终于为我们揭开了它面前的那道神秘的面纱……

大瓦山国家湿地公园,地处四川盆地西南边缘山地地带,挨近永胜乡下辖的五池村,平均海拔2000多米,由围绕大瓦山脚的大天池、干池、小天池、高粱池和鱼池五大相连的高山天然湖泊组成,面积达2000多公顷。由于垂直的气候和土壤的分带性,大瓦山天池绝大部分地带均为原始森林和人工林所覆盖,动植物种类繁多,有珙桐、桫椤、连香、水青、银杏等一大批珍稀植物和小熊猫、扭角羚等珍稀动物,被称为当今世界的植物王国。因为公园内的湿地生态系统发育典型而独特,生物多样性丰富,区域地位重要,在湿地学、生态学、生物学、地质学等方面具有较高的研究价值,是一座保存最完美的自然生态博物馆和野生动植物基因库。

大瓦山国家湿地公园里的天气变化多样,时而艳阳高照,时而大雨滂沱,像一个淘气的孩子般喜怒无常。幸好我们来时带了几把雨伞,才不至于一个个被淋成落汤鸡。我们在大天池畔逗留了没多久,一场大雨瓢泼下来,等了好久也不见停住的意思,我们只好开着车继续沿着山道往里走了。华琼姐晕车,一路上吐个不停,所以晓荣哥将汽车开得比较缓慢。大瓦山国家湿地公园面积太大,加之天气状况的影响,我们大部分时间是坐在汽车里观赏沿途的景色。

大瓦山国家湿地公园入口

雨终于停了,我们将车子停到路边的一块空地上,一起步行到了最后一座叫作鱼池的湖边。同来这里的游客还有不少,大家在这方水草丰美、野花烂漫的谷地中逗留嬉戏了半个多小时。雨后的天空是灰白色的,山峰沟壑之间弥漫着一层淡淡的雾霭,广阔的湖面平静而幽绿,岸边长着一层青草的沙地柔软舒适,周遭的空气清洁而明澈。不远处有一丛丛芦苇,绿色的倩影在清风中轻轻摆动,像是从《诗经》里走出的在水一方的伊人在翩翩起舞。我和晓荣哥、照明姐夫在河边独自散步。几位表姐在河边嬉戏笑闹,她们的盈盈笑语像百灵鸟的歌声一样激荡在湖面上、山谷间,更显出天籁的阒寂……

在三姨娘家一起吃过晚饭之后,几位老表回金口河小城了,我和母亲、三姐留了下来。

半夜下了一场大雨,屋子里更加凉爽,睡觉要盖上被子,感觉很舒服哟!

四

我的晨梦是被一阵狗叫声、鸡叫声、猪叫声给叫醒的。起身上了一趟茅厕,发现三姨娘家偏厦房下的猪圈里养了三头猪,正房后院里养了十几只土鸡——如今,在我们关中一带的农村几乎看不到这种景象了。三姨父告诉我:这些猪和鸡,平时吃的都是青草和粮食;猪是从年初开始养,到年底杀了之后做腊肉;鸡是产鸡蛋的,有时家里来客人了也杀了吃呢。

站在院子边上举目远眺,一幅自然的山水画卷在我面前铺展开来,让我有种置身世外的感觉。空气新鲜细柔,我深深地吸了一口,瞬间心肺里是满满的润朗舒泰之感……昨晚电视新闻里说全国很多地方是连续 18 天 40 摄氏度以上的高温天气,而此时我所在的四川大瓦山脚下却是一片清凉爽快的世界,这于我真是一种难得的幸福呢!

三姨娘和华琼姐又弄了满满一桌饭菜,三姨父又给我启开了四罐啤酒。

饭后无事,华琼姐和表姐夫代照明带着我和三姐下山闲转悠了一圈。

华琼姐有 50 多岁,身材匀称,眉清目秀,显得很年轻、麻利、精干。这天出门,她戴了一顶四周带着圆边、后边吊下碎花布片的帽子,穿着一件黑色的裙子,下边是一件大花图案的七分裤,整个人显得特别清新脱俗。她是一个闲不住的人,给我们做着向导,嘴里不断地说这说那,同时手里还在纳着鞋垫。一路上,她们姊妹俩说说笑笑,我则欣赏沿途山林中的风景,不时用手机去拍照。

半道上,不时看到公路边零散居住的几户人家的院子里有几个女人坐在那里纳鞋垫,她们远远地和华琼姐打招呼,问是不是家里来了远房亲戚,过来耍一下嘛。华琼姐便走过去搭话,与她们交换着看彼此纳的鞋垫。我也跟着过去了，站在正房的门口看她们家里的格局和摆设。这些人家的正房厅堂的木墙上粘有一张红帖子，中间用毛笔竖写着“天地国亲师”几个字，下面架着一块小木板，上面供奉着几个油彩斑驳的木雕的神仙；也有一些人家厅堂正中的木板墙上贴的是毛主席画像，像前供着香火。有一户人家的宅院特别漂亮，家门口的田地里种着苞谷、西红柿、莲花白，还栽了竹子、李子树、枇杷树及猕猴桃树；院子里摆着一张圆木桌，上面还吊着丝瓜、葫芦，墙根下摆了许多盆栽的花花草草。我们是贸然走进这户人家的院子的，院子里有很多人，几个中年男子站在那里说话，几个女人，有的在纳鞋垫，有一个在哄小孩。对于我们的到来，他们好像并不觉得意外，一看有华琼姐跟着，便知道是远方来的亲戚，招呼我们坐下来说话……如此姹紫嫣红的院落，如此简朴宁静的生活方式，让我这个来自关中平原上的客人煞是羡慕，心想：自己要是老了以后能有这样一座院落，那该是活神仙了！

三姐刘芳林和华琼表姐在别人家门前合影

在路上我们陆续碰到好几个上了年纪的妇女，头上大都缠着黑布圈，看样子应该是彝族人。她们并不认识我，但都很热情纯朴，微笑着向我招手或问候，叫我去家里坐坐。我发现这儿的妇女大都健康长寿，80 岁以上的年龄了，还依然从事着劳动。让我印象深刻的是三位婆婆：仝婆婆今年 83 岁，肤色黑黄，脸上的皱纹很深，头上缠着一条黑布圈，正背了一篓莲花白回家，看起来一点也没有吃力的感觉。她一边走，一边冲着我笑，我跟她说话，她只是点点头，大概是耳朵背。刘婆婆 83 岁了，黧黑的脸上布满沟壑，头上戴着一只毛线帽子，上身穿着一件洗得泛白的灰色外套，里边套了一件薄毛衣。碰到她的时候，她正在路边割草。我跟她说话，她听不懂。92 岁的柳婆婆，家住乡政府附近，长着一张圆盘大脸，耳朵稍背些，但牙口尚好，走路稳健，尤其是她的眼睛很亮,竟然坐在自家门口的藤椅上纳绣花鞋垫。听说我要为她拍照,她很配合地摆着坐姿,双手各拿出一只鞋垫对着镜头,一脸自豪而淡定的神情。

我们慢悠悠地走到了永胜乡街道,采买了一些瓜果零食,其中有一样东西叫冰粉粉。这是四川人夏季用来解暑的零吃,有原味、草莓味、荔枝味等多种口味,做法很简单:将一小包冰粉粉倒入一盆4~5斤的沸水中,搅拌五分钟左右,然后加入和好的黄糖水,待冷却凝结成晶莹透明的团块之后,即可用筷子或汤匙取食。那天中午,三姨娘给我们做了一些冰粉粉。我是初次吃冰粉粉,感觉挺好奇,仔细端详了半天。这是一种晶莹剔透的东西,状貌酷似果冻,但没有用刀子切成片,而是用筷子随意夹开的不规则的形状。我端起一碗,用筷子夹了一块,刚放进嘴里,它便哧溜一下就滑到了喉眼里,舌尖上一股淡淡的醇甜的黄糖味道……

就在我们做客三姨娘家的第一天,秀林姐建了一个微信群,起名叫"外婆桥"。我们不断在微信群里分享在一起聚会、玩耍的图片、语音和文字,不时还发些红包。外嫁到雅安市汉源县的三姨娘家的二女儿陈晓芬被诱惑得不行,在自己家里坐不住了,在群里嚷嚷着也要过来耍。

第二天中午,晓芬姐终于赶了过来。她身材颀长,巴掌脸,颧骨略有些高,穿着一身白色的连衣裙。她看起来挺文静,却是一个十分活泼的人,说话嗓门大,语速快得像在打机关枪,嘴里不时还发出咯咯的笑声。我们坐在房台上吃着葡萄、西瓜、瓜子,漫无边际地聊天,热闹欢快的笑语声在这座农家院子里弥散开来……

晚上,大家聚坐在厨房旁边的那间屋子里聊天。当说到我的两个多月前去世的父亲后,母亲让我拿出笔记本电脑播放了一下父亲安葬期间所拍的长达两个小时的视频。为了让他们更好地了解关中丧葬风俗和我们家的情况,母亲和三姐时不时地做些讲解。女人的心肠毕竟是比较软的,三姨娘、华琼姐、晓芬姐看得很认真,不时流下眼泪。尽管这部片子我已经看过很多遍,但还是被他们的情绪感染了,心里也有些难受,不知该说些什么,只好和坐在我身边的三姨父、表姐夫喝酒了。

永胜乡街道每逢公历尾数为2、5、9的日子是集日,赶场(四川方言,赶集的意思)的人挺多。到三姨娘家的第三天是7月25日,正好是一个集日,我们早饭后赶了一次场。

我们一路上说说笑笑,不到20分钟就到了永胜乡街道。从乡政府大院门口向前不到200米,有一个岔口,两条路都可通往街道。我们是沿着通往和平村的那条公路上过去的,这是到农贸市场的必经之路。这座农贸市场不大,从一道斜坡下去,直到市场里面,到处是商贩的摊点:有卖蔬菜、瓜果、种子的,亦有卖公鸡、猪肉、鱼肉、调味品、药材以及生活用品、生产工具的。摊位前人头攒动,有人在挑选商品,有人在和卖家讨价还价……山村里是安静清幽的,最能充分展现民间活泼热闹气象的地方,就是这不起眼的农贸市场了。听说这座市场以前是乡政府的办公场所,晓荣哥当年就在这个乡政府工作,他家就在乡政府院子的对面,相隔不到50米的距离,上下班很方便。

穿过农贸市场,就是老乡政府办公大楼。大楼右边有一块平地,那里长了一棵粗壮的树,他们都不知道名字。此树主干不高,自地面以上一米多就分开了很多枝干,树冠巨大,叶片浓绿,树下的地面上生了一大片苔藓,感觉特别荫凉。三姐说,她还记得这棵树,当年这棵树并不是很粗,她曾在这里玩过。我们沿着台阶往下走,走到最下面的时候,一眼就看见了对面的二姨娘家的老房子。这次我们没有再去二姨娘家,而是从门口顺着街道向南徐徐走去。三姨父说,我要去那边理个发,你们去那头转转吧。

走在这条长三四百米的老街道上,一股古老淳朴的气息迎面袭来。两边多是木瓦结构的老房子,临街的有杂货店、粮油店、水产店,还有小吃店……街道上大多是女人。中年妇女大多头上缠着黑布圈,衣服款式显得特别过时。她们大都背着小竹篓,里面装着刚买来的东西,佝偻着腰身,不紧不慢地行走着,碰到熟人了就要站在那里说半天话。街上年轻的女人不是很多,她们的衣着打扮和我们陕西老家那边差不多。母亲、三姨娘、三姐、华琼姐、照明姐夫始终走在一起,但走得很慢。三姨娘和华琼姐不时会碰到熟人,一说起话来就走不动了。我向来走路快,一直走在前边。我像一个涉世未深的孩子般充满了好奇之心,这儿瞅瞅,那边瞧瞧,用手机不断地拍照。

快到街道尽头时,我站在街边一边看别人打麻将,一边等他们过来。等了好久,他们簇拥着一位身材不高、头发花白、满脸沧桑,穿着一件天蓝色衣服,系着围裙的妇人走到了我的跟前。母亲介绍说:“这就是你二舅妈,她家儿子老六在街上开了个门面,她今天也赶集,让我们给碰上了。”我上前喊了一声“舅妈”,说我就是小时候跟着母亲去过她家的那个碎娃,还记得吗?二舅妈略带羞涩地笑了笑,说了几句话,纯粹的乐山方言,我没太听懂。

在永胜乡街道邂逅二舅妈

快走到永胜乡小学门口时，碰上一位穿着短袖、梳着偏分头的中年男子，二舅妈和他聊了起来。我从他们的谈话中得知，此人是和平村的村支部书记。他告诉我，他叫刘文川，问我是从哪里来的。得知我们是从陕西宝鸡来的客人，便请我们坐在街旁一家空着的店铺里面喝茶。接着，他又和二舅妈聊了起来，说的是舅妈家里的事情……后来，告别刘书记之后，三姨娘邀请二舅妈去了她家。

下午3点多，二舅妈在永胜乡街道开门面的儿子老六陈俊华开着一辆小货车把母亲、二舅妈、三姨娘、华琼姐、晓芬姐、三姐和我接去了和平村。

五

和平村位于永胜乡街道以北约 20 公里以外的一处四面环山、地势比较开阔的地带。这里空气清新爽朗，山上到处是柳杉，坡地里广种着甘蓝，另外还有些人家种了地伏椒、黄连、牛膝等中草药。村里有二三十户人家，住宅都是零散地建在公路边，路旁是一条宽约两米的小河。

二舅妈家有两座宅院，一座是平房，户主是其五儿子陈俊书；另一座是二层楼，属于六儿子陈俊华。俊华哥哥比我年长两岁，留着一头长发，穿着背心和短裤。他将我们带到了那座平房前的一块水泥院子里，在那里我们见到了二舅。以前曾听父母说过，现在的这个二舅不是我们的亲舅舅，他是在我们的亲二舅英年早逝后入赘过来的。他姓陈，70 多岁了，身材消瘦，头发稀疏，脸盘狭长，鼻梁挺直，腮帮内陷，上身穿着一件深蓝色的带有花纹的秋衣、套着一件棉马甲，下边穿着一件灰黑色的裤子，靸拉着一双黑色旧布鞋，表情有些木讷，但待人的态度很是真诚，说话声音不大，显得有些底气不足。从母亲那里得知，二舅去年患了肾结石病，住医院花了不少钱，现在身体还是有些不太好。

二舅、二舅妈、俊华哥带我们进平房里面参观了一下。这是去年才修建的房子，跨度约 15 米，进深约 10 米，安装的是新式铝合金窗子，外墙上贴着瓷片，地上贴着瓷砖，从外面看起来很漂亮。但进去之后，才发现里墙上还是一层水泥毛坯，还没有粉刷白灰或涂料。中间是客厅，迎门那道墙上贴着一张红色的帖子，上面写着“天地国亲师”，下面有一张窄的木板，上面立着几个小木偶人儿，还有一个小香炉——这应是当地人家厅堂统一的布置。客厅左边有两间房子，里头除开各有一张大床和床头柜之外，再无其他家具。客厅右边里间是厨房和厕所，靠客厅中门这边有一间小房子，里面一张带有拐角的长沙发上堆放了很多衣服,角落放了一张饭桌,摆了七八个塑料凳。

二舅妈让母亲和三姐住在靠客厅中门左边的那间房子,让我住在隔壁的那间房子。我们各自去房间放行李,发现除了床上的被褥之外,还有一些被子、衣服堆放在墙角的地板上,没有见到桌子和衣柜。

我们都在客厅左墙边的一张方桌边坐了下来。二舅拿出香烟发给我,自己也叼了一根在嘴上,点着之后慢悠悠地吸了起来。二舅妈给我们烧了一壶开水,从一个塑料袋里拿出白茶,给我们每人泡了一杯。接下来,我们开始闲聊起来。

二舅和他家的新房子

初次在永胜乡街道上碰见二舅妈时,我觉得她是一个不太爱说话的人,但今天才发现她其实也是蛮和蔼可亲的,比二舅的话要多一些。通过二舅妈、三姨娘及母亲的谈话,我大概得知了她家的一些情况:她的女儿已经出嫁很多年,也有了好几个孩子,地里活又多,所以平时很少过来。五儿子俊书,说是外出打工去了,再有八九天就回来了;老五的媳妇嫌老五不争气,已经跟他离婚了,至今不知去向;老五的女儿、儿子中学毕业后都跑到外头打工去了。在说这些情况的时候,二舅妈的言辞有些闪烁,似乎大有隐衷,我也不便多问。二舅妈家的经济情况不好,但我从二姨娘和母亲的言行举止中能感觉到她们对她的同情和尊敬,因为据她俩说,我的姥爷、姥姥、大舅、二舅去世得都比较早,是二舅妈把她们姊妹几个拉扯大,然后又给她们找下夫家,嫁了出去的。由此,我不禁对这个看起来老实巴交,甚至有些笨手笨脚的二舅妈产生了一种由衷的敬意。

关于舅舅家过去的情况,我很早就听过母亲简约的讲述:我的姥爷去世得较早,留下姥姥和两个儿子、四个女儿过着艰苦贫穷的日子。我的大舅叫魏清虎,二舅叫魏清才,母亲叫魏清云,二姨娘叫魏清秀,三姨娘叫魏宣素,四姨娘叫魏宣珍。因为家境贫穷,姥姥身体又不太好——老犯头疼,加之那年月四川山区饥荒闹得厉害,母亲小时候仅上过几天夜校,就被姥姥叫回家劳动,即便她不辞辛苦、任劳任怨地干活,还常免不了要遭到两位哥哥的打骂,日子实在没法再过下去。有一段时间,大舅在离家几十里地的山沟里烧木炭为生,晚上住在山里临时搭建的庵棚里,大概是受了虎豹豺狼叫声的惊吓丢了魂儿,回到家里以后连续几天不思饮食,精神萎靡不振,姥姥请来道士叫了三个晚上的魂儿,还是不管用,人从此黄瘦下去,什么活儿也干不成,一年之后就去世了。1962 年,姥姥因病去世,家庭陷入了严重的危机之中,当年秋天,也就是母亲刚刚十七八岁的年纪,一个偶然的机会,她跟着一位姓梅的女贩子来到了陕西省扶风县绛帐镇,嫁给了我的父亲——母亲在陕西落脚之后,先后生下了三女两男(我是老五),直到 1981 年冬天,才和父亲背着我回了一趟四川的娘家。那次,母亲回去之后,才得知二舅已经去世很多年了。二舅是他们家唯一一个能识文断字的人,他念完小学就回家劳动了(我的母亲离开四川前他刚订了婚),结婚后生了两个儿子,一个儿子小时候害病夭折了,另一个儿子叫魏松林,20 多岁的时候就去汉源县当了别人家的上门女婿。二舅死得也比较早,事情大概是这样的:有一天,他背着一根粗壮的木头回家,在半路上不小心摔了一跤,被木头重重地砸压在身上。他从地上爬起来后空人回了家,到家后吐了很多血,家人见情况十分不妙,赶紧找人用担架把二舅往金口河区医院抬,结果走到半路上二舅就咽了气。二舅死后,二舅妈看到三个小姑子年纪尚小没人管,不忍心再嫁,便招了一个上门女婿,夫妻二人靠着勤劳的双手撑起了那个贫弱苦难的家庭……每次说起这些家史,母亲总是不由得伤心流泪。

说到这座平房,二舅妈这样说道:“以前的老房子有点坍塌,政府说是成了危房,不能再住人了,让我们在另一块地方盖一座新房子,老房子拆了以后,政府才按人头给发放补助。”我问:“这座平房花了多少钱呢?”二舅妈说:“总共花了六七万元呢,这些钱都是借来的。”我又问:“拆掉老房子盖好新房子,政府咋补助呢?”她说:“每家每人补助两万三千元。”我说:“那就等俊书哥回来之后,叫人把原先的老房子尽快拆掉,好早点领到政府的补助款。”

我们坐在客厅说话,不知不觉就到了日落西山的时候。二舅妈准备晚饭去了,二舅也去俊华哥的二层楼那边去了。我和母亲、三姨娘、三姐、晓芬姐到门口前的院子里活动筋骨。

这座平房前的院子有六七十平方米，用水泥硬化了，显得平整干净。院子前边是一块平缓的坡地，是二舅妈家的，全部种的是甘蓝。这些甘蓝，个头很大，颜色深绿，长势喜人。甘蓝地右边是一道高不到一米的石块垒砌的一段塄坎，塄坎旁边的地里种的是一种我从未见过的草本植物。我问了二舅妈之后，才知道它是一种人工栽培的中草药——川牛膝，有逐瘀通经、补肝肾、强筋骨、利尿通淋等效用。甘蓝地和川牛膝地的对面可看到木瓦结构的老房子，还有一排排柳杉树。风景看起来不错。我叫上三姐走到甘蓝地、川牛膝地里拍了很多照片，以做留念。

我在川牛膝地留影

我们刚拍完照回到院子，从二舅妈家旁边的一块空地里走来一位50多岁的女人。她老远看到母亲，便笑呵呵地问道："大娘，你们啥时候来的?"母亲满脸堆笑，走过去说道："彩琼，我们是下午刚到的。"我问母亲："这个人是谁，我该咋样称呼?"母亲说："这是你宣仲舅的媳妇，你也应该叫舅妈的。"这么一说，我很快就明白了。以前曾听父亲说起过，魏宣仲是我舅舅的堂弟，他们几次来这边探亲，都受到过这一家人的热情招待。于是，我也不敢怠慢，立即叫了一声"舅妈"。母亲给这位堂舅妈介绍了一下三姐和我，还说我们俩小时候都到这里来过。堂舅妈和母亲、三姨妈寒暄了几句，便邀请我们去她家里坐坐。盛情难却，我们便厮跟着过去了。

这位堂舅妈家就在俊书哥家平房后边斜对面的一条水泥路边上。那是一座钢筋混凝土结构的二层楼，外面全贴了白色的瓷片，装着铝合金门窗，房子前边有一块宽敞的水泥院子，院子边上种了很多花儿。晓芬姐和三姐看到那么多的花儿，心里十分欢喜，让我给她俩拍了好几张照片。我要给堂舅妈照相，她显得不好意思，说是她不上相，也不爱照相。我说："没关系啦，这么好的花儿，你不照张相太可惜了吧!"我刚拿出手机给她拍照，她不是躲闪，就是用手挡脸。于是,我只好提议大家一起照张合影,这次她没有再拒绝。当时,宣仲堂舅及其儿子、儿媳、孙女、孙子也都在家门前的院子里,经过二舅妈和母亲的一一介绍,我们也都彼此认识了。

堂舅妈家人让我们进屋坐坐。那时太阳快落山了,我便说:“天马上就黑了,我们就不进屋了,明天一定过来坐坐。”我之所以这么说,是因为我们来和平村之前已经提早准备好了给堂舅妈家的礼物,只是刚才走得仓促,没有带来,所以不好意思去她家里,怕一会儿人家留我们吃饭。我的这些意思,刚在去堂舅妈家的路上就已经悄悄地给三姐和母亲说过,所以她俩也都很配合,没有在这里多逗留。

这时,二舅妈走过来叫我们回去吃饭。堂舅妈说:“在我们家吃一样嘛。”我们说:“今天就不了,明天我们正式过来登门拜访。”说着,就一起往回走。

刚走到水泥路上,母亲指着这条路的那头说道:“从这里往西边走二三百米,路边就是你姥姥、舅舅的坟了。”我说:“他们的坟咋埋得离村子这么近啊……是这吧,咱们明天上午过去祭拜一下。”

晚饭后,我们坐在客厅说了很长时间的话,堂舅妈后来也过来了,然后便一起坐到客厅右边外间的那间摆着长沙发的小房子里观看了父亲治丧期间拍摄的视频。后来,我给了俊华哥20元钱,托他明早买些香蜡纸表回来,第二天上午上坟用。

晚上,母亲和三姐睡一间房子,三姨娘和晓芬姐睡一间房子,我和俊华哥挤在那间小房子的长沙发上。也许是因为喝了几罐啤酒,熄灯之后,我辗转反侧难以入睡,脑子里老是想起舅舅家过去的那些事情……

六

吃罢早饭,俊华哥从永胜乡买回了香蜡纸表。

我们一同沿着房子后边的那条水泥路走到村子西边距西山脚下二三百米的地方,路的右边两米之外有几座坟茔,都没有立碑。二舅妈说:“这几个分别是姥爷、姥姥、大舅、二舅的坟。”我看到有两座坟墓是用灰色水泥砖块砌成的,整体呈长方形,坟头外立面的墙体由下往上越来越窄,坟前还有一块地方用水泥硬化了;另外两座坟茔稍微靠后一些,外边是用石块垒起来的,体积较小,四下的荒草、藤蔓将墓堆遮蔽了,所以看起来不是很显眼,让人也无法靠近。据二舅妈说,这两个砖箍的坟墓,左边是二舅的,右边是姥姥的,这两座坟原先不在这里,是从其他地方迁过来的,所以后来修葺了一下,看起来新一点。我将这几个坟堆扫视了一下,其他几座坟墓上长了各种杂草,而姥姥的坟墓最特别——坟顶上长了一大丛与萱草相似的植物,叶子深绿而细长,边上的四散垂吊下来,显得特别具有生命力。

我将手里的香蜡纸表分发给了在场的每一个亲人。大家在这几个坟头前的地上抓了几把潮湿的泥土,将蜡烛、香火插上。我用打火机将香烛一一点燃了,首先祭拜的是我的姥姥,大家纷纷跪倒在地上磕头。在给姥姥的纸钱烧得差不多的时候,母亲第一个哭出了声。她跪在那里,双手伏地,头磕在地上,身子剧烈地颤抖着,不停地哭喊着:“妈……妈……”声音听起来有些撕心裂肺。当其他亲人都跪拜完之后,母亲还在那里哭着。晓芬姐上前说:“大姨娘,别哭了,别哭了!”母亲这才慢慢起身,止住了哭声,用手背抹了一下眼泪,和我们一起又去祭拜其他几座坟墓。躺在坟墓里的这几位亲人,是在我未出生之前的很多年前就去了另一个世界的,所以我和他们之间谈不上什么感情,更无所谓什么记忆。但我的身上毕竟还流着川人的血,况且在这样的一个气氛之下，心里还是感到悲戚的。祭拜四川这边先人的心愿，我是多年前就有的，这次终于算是遂愿了，心上的那块石头也算是落地了。只是，我不知道我今天的到来，这几位亲人的在天之灵是否能看得到。

关于川陕两省农村的丧葬风俗，我们在回来的路上有过一番交流。陕南和陕北我去得少，对这两个地方的丧葬风俗不大了解，我仅以关中地区的农村和四川的山区做一下比较。在我看来，川陕两省的农村虽然都实行土葬，却在风俗上存在着较大的差异：一是，在陕西关中一带，不论季节，死者灵柩要在家里停放一周时间；而四川山区人死后第三天就要安葬。二是，陕西关中一带，死者一般都安葬在村里的集体坟园里；而四川山区的村里没有集体坟园，各家可将死者随意安葬在自家地里。三是，在陕西关中一带，要请风水先生给死者在集体坟园里看一块风水好的地方，说是这样于后世儿孙好；而四川山区则没有这样的讲究。四是，陕西关中埋人要掘地三四米，在墓道一头的土壁上挖出一个洞穴，将棺材放入其中，用砖头和灰浆将墓洞封严，最后再用土填到坑道，在地上隆起一堆圆形的土堆；而四川这边，不往地下深挖穴洞，只将棺材放在地上，四周以石块或青砖垒砌成一个长方形，最后以土封严即可。五是，在陕西关中，死者所有亲属参加丧礼都要头戴白孝帽、身穿白孝衣；而四川山区埋人，死者亲属一律戴上黑色袖标即可。

我们上坟回来时路过宣仲堂舅家门口，看见他家的水泥院子地上晒了大大小小八九十枚灵芝。以前，我虽然见过灵芝，但从未一次见过这么多的灵芝放在一起，觉得很好奇，就蹲在地上拿起这个看看，捡起那个瞧瞧，并用手指甲掐了一下，还都有点湿软呢。晓芬姐也过来看灵芝，她蹲下来拿了两枚在手中，让我给她拍了照。我也拿着灵芝，站在堂舅家的门口旁边，让晓芬姐给我拍了一张。我拿过手机一看，感觉拍得不错，配了几句话，发到了自己的微信朋友圈里。当我正要离开的时候，我看见堂舅家客厅里的躺椅上坐着一位八九十岁的老头。我过去问候了一下，才知道他是堂舅的岳父。我问："这些灵芝是自家地里栽培的吗，一斤多少钱？"他说："这些灵芝是你舅舅和我儿子他们几个人从当地的深山老林里采回来的，据说去年的新鲜灵芝一斤卖到六七十元钱，晒干的灵芝一斤要卖到三四百元呢。至于今年是什么价格我还不清楚，你得问一下你的舅舅……"

二舅和二舅妈带着三姨娘、三姐、晓芬姐回家去了，我和宣仲堂舅的岳父聊了一会儿天之后也出来了。我走到堂舅家旁边，看见那里有一大块甘蓝地，地的北头有一座跨度约 20 米的老木板房，房子看起来很有些年月了，木门紧闭着。其实,昨天在堂舅家门前母亲给我说过,那就是姥姥家的老房子,她和她的兄妹们都是在那座房子里出生和长大的,我的二舅妈也是去年才从那里搬出来。

昨天来这边的时候天快黑了,我便没有顾得上去看,所以这次打算过去好好参观一下。

与这里的很多户人家一样,姥姥家的这座老住宅也没有院墙,坐北朝南,木瓦结构,正房是三个大开间,左右两头各有一座偏厦房连接着,整体格局和二姨娘家的住宅很像。我从甘蓝地旁边的一条小路向北走去,来到了房子跟前。院子入口处有一棵碗底粗的高四五米的苹果树,上面结的青果并不多。我继续向前走,来到了房檐下面仔细打量着这座老房子。外面的木板墙上很多处被毛笔、粉笔画得乱七八糟,门前的地上、墙角堆放了很多杂物,显得脏乱不堪。

我在那里没站多久,三姨娘过来了。她说:"你在这里看呢。"我说:"是的,过来看看你们家的老房子。"她好像是要去右边的偏厦房那里干什么,我稍缓了几步跟了过去。三姨娘说,这边养了好几头猪,太脏了,气味又不好闻。于是,我就转身去了左边那座偏厦房跟前。门是开着的,我进去之后,看到房顶有几处已经塌了下来,地面上堆了很多棍棒瓦片,最边上的那道木墙已经拆去了一部分,可以直接看见旁边的那条小路。这座偏厦房以前应该是厨房,那里有一座废弃了的灶台。我站在灶台旁边点了一根香烟,深深地吸了一口,脑子里渐次浮现出母亲小时候在这里烧火做饭的场景……

这时,宣仲堂舅背着一竹篓猪草从偏厦房边的小路上经过,我们互相问候了一下。他说:"你们一会儿上我家来耍一下嘛,中午在我家吃饭。"我说:"好的,我们一会儿一定过去。"

过了一阵儿,二舅妈过来了。她取掉闩在正房大门上的一根细棍,门扇便嘎吱一声打开了。我好奇地跟过去,跨过门槛,走了进去。我所站的地方是一间客厅,里面养了几十只土鸡。门开着呢,我怕这些鸡一会儿都跑出去,便赶紧出去了。二舅妈立即将大门闩上了。这时,我看见大门旁边的木墙上贴着一张卡片,才知道这些鸡是政府给村里的贫困户免费发放的鸡苗,让他们去养殖的,这是一种近两年兴起的产业扶贫新模式。

关于姥姥家的老房子的历史,我问过三姨娘。她皱了下眉头说道:"哎呀,这个……这个老房子至少有100多年的历史了,听说大概是在我爷爷手里修建的,用的全是老杉木,可惜几年前发现有些倾斜和坍塌,成了危房,不能再住了,去年你二舅妈便新建了那座平房。"

母亲和三姐在姥姥家老房子前

回去之后,我看见母亲和三姐将二舅妈家里堆在墙角处、沙发上的被子都拿出去搭在外面的铁丝上晒了,还帮二舅、二舅妈洗了几件被单、衣服,地板也都全部拖了一遍。我进客厅之后,立即感到了清爽和简洁,觉得新房子就应该如此。等她们忙完之后,我说:"这会儿都10点多了,咱们提上礼品到我宣仲舅家去一下,人家都邀请好几次了。"

宣仲堂舅的家人都在,魏氏家族里的大哥、年过七旬的魏清芳也来了。这个人,三姐和我是要叫大堂舅的,他的额头挺高,梳着大背头,头发已经花白,衣着干净利索,气质看起来很好,有点像退休干部。以前,父母从四川探亲回来曾讲过,大堂舅一家人也都是很热情好客的。

二舅妈引着我们上了二楼客厅,大家聚坐在沙发上,嗑着瓜子、喝着茶,你一句我一句地聊了很长时间。中午,又一起围坐在厨房锅台边的一张方桌上吃了一桌非常丰盛的饭菜……

午饭过后,三姨娘和晓芬说要回民主村,母亲、三姐和我一直把她们娘儿俩送了一里路。分别时,三姨娘说:"你们这几天有时间再到我们家来耍哟。"我说:"我们有时间一定会再过去的!"她俩抄着山间小路走了,我们仨站在路上目送了很久,直到两个身影消融在一抹浓绿的山谷之中……

七

来到和平村的第二天上午，二舅妈给我们先吃的是凉粉，接着又端出一盆她蒸的馒头，还有她推的豆花，煮的土豆、鸡蛋、豆角及旱黄瓜汤。二舅不喝酒，却一连给我启开几罐啤酒。菜我是没吃几口，酒却喝得有点多，感觉有点晕乎乎，便躺在床上睡了一觉。

四川人的热情好客是出了名的，来到金口河区山里的这些日子，我是切身感受到了这一点。在和平村的那两天，每次吃饭，还没等一盘菜、一碗饭吃完，二舅妈便又给我们添上了，如此多次，躲都躲不开。另外，村里还有好多街坊邻居过来串门，邀请我们去他们家里耍一下。

这天下午，我躺在床上看完了南怀瑾先生的《金刚经说什么》。从房子出来以后，发现母亲和三姐不在房里。天气不热，外面的风景又这么好，岂可轻易辜负呢？我决定自己下山溜达一圈。

我从二舅妈家东边拐到了前天下午来时走的那条水泥路。走了有三四百米，刚准备下一个坡度较大的拐弯时蓦然听到有人喊我："过来耍，过来耍嘛……"我扭头一看，是一个长着一双招风耳、古铜色脸盘的瘦小的老头儿。嘿，看着挺眼熟呢！我驻足想了一会儿才想起他来，这不是昨天下午来二舅妈家串门的张光明老汉吗？他正站在家门口抽烟，远远地向我招手。我本来没想着过去，未承想他却快速走了过来，硬是用双手将我拽到了他家门前的院子里——他的手劲还蛮大呢。他家的房子盖得挺漂亮：一栋二层楼房，外面贴着瓷片，装的是铝合金门窗，看着挺新的。院落比前边的水泥公路高出了很多，院子边上安装了半人多高的不锈钢栏杆。他从屋里取出一个小塑料凳子，让我坐下来。接着，又从屋里拿出一只桃子，在水龙头下冲洗干净后塞在了我手里，还客气地说："自家种的，别客气。"我说："大叔，你别忙活了，我们坐下来说会儿话。”还没等我把桃子吃完，他又跑进屋里拿出一块雪糕递给我，大声说：“吃，吃，别客气嘛！”

等张老汉坐下来之后，我给他发了一支香烟，他摆了一下手，依然抽着自己手中的自制卷烟，说是这个抽着才有劲，你也来一支？我扑哧笑了，然后说：“你这个卷烟，我抽不来的，抽了头晕呢。”我问了一下他的年龄，他没有说话，只是用一只手先摆了一个八字造型，然后又拃了两根手指。我才知道，他已经是82岁的高龄了。尽管已过八旬，但他的腰不弯，背不驼，走路也很快，只是耳朵有些背——我给他说了很多话，他都反复要问好几遍；我问了好几个问题，他却给我的是另一个答案。尽管他很热情好客，我说话的声音也够大，但我们之间存在着沟通的障碍，所以在说了七八句话之后，我便没再吭声，坐在栏杆前眺望山下的风景，看一对年轻夫妻在路边的坡地里栽培菜苗子。张老汉跷着二郎腿，用明亮而温和的目光看着我，吧嗒吧嗒意味悠长地抽着卷烟。

我在张老汉家的院子里坐了大约半个小时就告辞了。继续往山下走，拐了好几个弯之后，我感觉自己走得有些远了，再往前走也没啥意思，便折回去了。

张光明老汉

回到二舅妈家，母亲和三姐还没有回来，我喝了几口水之后，又出去溜达了。

这次我是朝着俊华哥家的二层楼旁边的那条小路往东北方向走的，竟然在半途中碰上了母亲和三姐。我说：“天黑还早着呢，回去也没啥事，咱们继续转嘛。”

我们向前走了三四百米，到一个拐弯处，看到大堂舅、舅妈及他们的儿子、儿媳、女儿、女婿正在收装晒在他们家院子里的油菜籽。我正准备过去帮忙，大堂舅说：“不用了，不用了，马上就完了！”我们站在那里说起了话。过了一会儿，他们都收拾完了，洗罢手脸邀请我们到他家二层楼上的客厅里坐了坐。舅妈的儿媳妇给我们每人泡了一杯绿茶，她的孙女给我们端来一盘刚洗过的葡萄。刚开始，舅妈陪我们说了几句话,然后就下去了——应该是做饭去了。大堂舅喊他的孙女把电视打开。我说:“不看电视了,咱们就安安静静地坐这儿说说话得了。”

大概是6点多的时候,我趁大堂舅下去了一会儿,便小声对母亲和三姐说:“咱们这次是出来转,过来又没拿啥东西,恐怕他们一会儿要留咱们在这里吃饭呢,怪不好意思的……咱们还是先走吧,明天带着礼品再过来做客吧。”她俩点了点头。说完,我们就下楼去告辞。大堂舅一家人都极力挽留,说是不着急走嘛,在咱家吃个饭再走。我说:“我们午饭吃得晚些,这会儿肚子还不饿呢,明天我们一定再过来。”他们热情挽留了半天,但我们还是要走,说是我们再往前边走走。

我们顺着大堂舅家门前的那条水泥路继续朝前走。走了二三百米之后,路边有一个很大的休闲文化广场,靠路边那一块栽了几样运动器材,广场另一头有一排二层楼,那是和平村村民委员会的办公大楼。三姐说她肚子不舒服,去那边找厕所去了。我和母亲在广场上散步。不知从哪里飘来几朵大云正好罩在我们头顶,过了一阵儿,天上就落下了雨点,雨点由小到大,由缓到疾。我们看见广场北边还有一排房子,那里有一个卫生所,门是开着的,便赶紧跑过去避雨。

走到卫生所门口,我们看见一个年轻的女人穿着一件白大褂坐在里面,手里拿着一本医学书籍在看。我说:“你好大夫,不好意思,这会儿下雨了,我们在这儿避一下。”她抬头看了一眼,客气地说:“没事,这里有凳子,你们坐下吧。”她将一张凳子移到母亲面前,然后将身子靠在桌边继续看起了书。母亲和我都没有坐。我说:“你这么好学啊,还在钻研专业呢。”她笑了笑说:“医学是一门很深的学科,我还年轻,应该多学习学习,再说这会儿也没什么病人。”她还告诉我们:前不久,她作为乡村基层医疗工作人员代表被乡政府推荐到乐山市里去参加了一段时间培训,长了不少见识,最近她要继续自学。见她如此好学,我不忍心再打搅了。小小的卫生所里忽然变得静悄悄的,让我有一种岁月宁静、现世安稳的感觉。

几分钟后,雨停了,三姐过来了。我们离开卫生所,继续沿着旁边的这条路朝前走去。路的左边,是一片连一片的甘蓝地;路的右边是一条小河,小河旁边是一排排柳杉或者别的树,不远处是一座青翠浑圆的山冈,蓝莹莹的天上飘动着几片悠悠的白云。啊,一场小雨之后,眼前明艳的山乡景色令人欢情难抑,周遭浓烈的清新气息沁人心脾!

前边出现了一个倒人字形岔口,岔口夹角地带种着一片绿油油的甘蓝,叶片上沾了些雨珠,愈发显得鲜嫩可人了。甘蓝地的顶头、靠着路边的地方是一片高大挺拔的柳杉树林,枝叶郁郁葱葱,远远地看着特别好。在陕西老家的时候,我好像没和母亲单独照过合影,便让三姐以那片柳杉林为背景给我们拍了一张。紧靠在并不壮健的我身边的母亲虽然显得有些瘦小,但她穿着一身青色碎花衣服站在那里,显得有些古典朴素之美,让我竟觉着此时的她像极了一只老旧了却依然精致的青花瓷瓶。绕过这个小树林之后,就是一座山头,山坡上还是种着大片的甘蓝。有一条路弯弯曲曲地通往东边的另一个村子。那个村子看着有些远,我们没有过去,而是朝西边走——这样走,我们可以绕回到二舅妈家那一块去。

一路上的风景很美,两边到处都是山山水水花花草草。看着身边陌生而熟悉的家乡美景,母亲的脸上洋溢着掩饰不住的喜悦,她用手指朝这儿指指,向那儿点点,说自己小时候在这座坡上种过地,在那座山上砍过柴、采过药……

自父亲5月初猝然离世以来的这段日子,母亲看起来总是愁眉不展,白天吃不下饭,晚上睡不着觉。看到这样的情形,我原本失落无助的心也因她的忧郁而惶惑不安。我想,或许最能慰藉她失落忧伤的心灵的就是故乡了吧!尽管去年年底她和父亲一起刚回过一趟四川,但我还是决意让她再回去一次。这次父亲不能陪她了,我和三姐来陪她,毕竟我们姐弟俩小时候来过这里,对这里是有感情的——看到母亲这么开心,一种从未有过的幸福感在我的心田里蔓延开来……

坐在老家村子路边休息的母亲

回去后,天还没黑。二舅妈问:"你们晚上吃啥饭?"三姐说:"我看你们家厨房里有那么多挂面,我们晚上就自己煮些面条吃,不用炒菜了,一会儿从地里拔点青菜洗干净下到锅里就行了。"说完,三姐便开始忙活了。

饭后,大堂舅一家人都来二舅妈家里了,几个街坊邻居也来了,他们说是想看看为我父亲治丧期间拍的视频。这已经是我第三次在这里播放了,但他们看得很认真。

这片大山世界的美丽风景让我赏心悦目,而山里人的热情、纯朴,更是让我感动至极。这些,皆是我此生永不能忘怀的!

八

昨夜下过一场大雨，今日和平村的天空仿佛被清洗了一遍，几乎没有云霭，愈发显出天幕的湛蓝和明澈。

我站在二舅妈家的甘蓝地边向南边远眺，前边的山峰沟壑竟是那样鲜明和妩媚。我将目光由左往右轻轻滑过，蓦然又看到了那座号称“世界上最高孤峰状平顶山”的大瓦山。此刻的它位于和平村的西南方向，正好被村子西边那座低矮的山冈遮去了半张脸，有些美女“犹抱琵琶半遮面”似的羞怯。尽管前几天我刚随老表们去过一趟，但此刻站在远处观赏，觉得它还是那样神秘。大瓦山较之村子跟前的这些山峰要远得多，但却更显眼些。这不仅仅是因为它要高出很多，而是因为近处的这些山峰是深绿色的，而大瓦山看起来是深蓝色的；况且大瓦山的突兀、险峻和雄奇，是眼前这些普通的山峰所远不能及的。

吃过早饭无事可做，我便只穿着背心和七分裤，独自去了和平村西边的山冈那里散步。我想站在这座山冈上观看大瓦山被遮去的另外半张容颜。西边的山冈就在姥姥、舅舅们坟墓的西边不远处，走过去不到十分钟。经过坟墓，往前走不了几米，水泥路便中断了，由山坡底到山冈上的路陡然变成了羊肠小道。小道的左边是一片挺拔的绿森森的柳杉林，枝柯间不时传出小鸟清脆悦耳的啼啭之音。走在这片树林的阴影间，全身立刻生出一股透骨入髓的凉意。小道右边是一大片坡度较缓的田地，地里种着甘蓝，有些甘蓝已经长大，有些好像栽培到地里不久，尚未换过气色的细细茎叶软软地伏在地面，大面积湿润的褐色的泥土裸在外面，散发出一阵阵浓郁而清新的气息。

经过柳杉林之后，小道忽然左转而去，变得越来越窄，弯弯曲曲地通向山上。山间小道两边长着的大多是杂草、野花和荆棘，也有一些人工开垦出来的小块的梯田，种的是豇豆、豆角、旱黄瓜、番瓜之类的蔬菜。草木之间有蝴蝶、蜜蜂在翩翩飞动着。走着走着，感觉山上寂静得厉害，让人感到寂寞，寂寞得让人发慌。于是，我双手做了一个喇叭状，朝山下长长地呼喊了几声："喂——哎——咦——"我的声音在山谷间回旋、飘荡起来，我隐隐地感觉到自己的身体仿佛也在随之回旋和飘荡。一连喊了几声之后，我远远地看到二舅妈家旁边的空地上突然冒出了两个人，尽管身影看起来小得跟两粒蚕豆一样，但我还是一眼就认了出来——不是别人，正是母亲和三姐。我暗自笑了几声，又掉头继续朝山上走去，走着走着，就情不自禁地扯开嗓子唱起一段陕北民歌：

上一道（那个）坡（来）坡（哎哟哟哎）
下一道（那个）梁（唉唉）
想起了（那个）小妹妹（哎哟哟哎）
好心慌（哎嗨）
你不去（那个）掏菜菜（哎哟哟哎）
崖畔上（那个）站（哎哎）
把我们（那个）年轻人（哎哟哟哎）
心扰乱（哎嗨）
……

走到半山腰上，忽然发现三四十米外的沟畔的空地上有一座蓝色的铁皮房子。这是干什么的呢？我带着好奇之心，从那个岔路口上慢慢靠近铁皮房子，很快就看到路边的荒草堆里不规则地放着三四十只蜂箱。我正要继续往蓝色铁皮房子跟前走，猛然从一棵小树下蹿出一条大黄狗，它目光凶狠地盯着我狂吠不已。往常我是不怎么怕狗的，但在来四川的前两天，我一个老乡的妻子在西安市被一只小狗咬伤之后患狂犬病离世的事情使我突然害怕起狗了。这只狗的叫声越来越凶，它的三角眼里连续发射出的"子弹"嗖嗖地向我这边射来，它两只前爪在地上紧紧抠着，欲向我这边扑跃。我感觉自己的毛发几乎要倒立起来，头皮一阵阵发麻。

有这只拦路狗在，我不敢再越"雷池"半步了，因为那条小道离它很近。

无奈,我叹了一口气,转身欲走。可那只该死的大黄狗依然在朝我狂吠!我猛然转过身子,从地上捡起一块土疙瘩向狗掷去。可是,没打着。狗扑叫得更凶了!

这时,一个赤着上身,下边穿着一条大内裤,身材高大威猛的黑发老人忽然从蓝房子里走了出来,手里拿着一只毛巾在膀子上擦着,扬了一下眉毛,瞅着我,用一口四川话冷冷地问道:"你是干啥子的?"

我说:"山下的。"我用手朝山下那个村子指了一下。接着,我便拧转身子不管不顾地快步朝山下走去,把上山来看大瓦山的初心忘记了。

大山怀抱里的和平村

走到山坡下的柳杉林旁边时,碰到了二舅和我的母亲、三姐。他们大概是被我方才的呼喊声给召唤过来,也打算上山转转。二舅说:"咱们上山看看你二堂舅去,他在那儿养蜂呢。"我心里嘀咕:莫非就是刚才那个养蜂人?

我陪着他们仨又上了一次山。

很快到了那个散放着蜂箱的地方。那只狗很警觉,见来了人,又狂叫起来:"汪——汪——汪……"

二舅用他那底气不足的声音朝着蓝色的铁皮房子大声喊道:"清苍——在不在?"

那个养蜂的老人从蓝色铁皮房子的门口探出半个身子朝我们这边瞧了一眼,脸上忽然堆起了笑容,回道:"在呢,在呢,稍等一会儿!"他的声音很浑厚。

他很快就出来了,依然赤着上身,身子白白净净,挺着一副将军肚,不过这次下边穿了一条深蓝色的长裤。他慢慢地走到我们跟前,笑呵呵地看着我的母亲说:“大娘,你来了啊……我前两天就听说你来了,还说下山去见见你呢,想不到就先来看我喽,来了好啊,哈哈……”他将目光转向我,说道:“刚才想叫你过来耍,还没等我说出口来,你便扭头走了。多年没见到陕西的大娘了,你们这次回来,可要多待几天呀,好好在这儿耍耍嘛……”母亲笑嘻嘻地说:“要得,要得。”

母亲给二堂舅介绍了一下我和三姐。他说:“知道,知道,听说他俩以前来过咱们这儿。”

二堂舅朝那只大黄狗喝喊了几声,它便退到了那棵小树下边,不再叫了。我们跟在二堂舅后边,进了那座蓝色的铁皮房子。

二堂舅拿出几张板凳让我们都坐了下来,然后又倒了几杯茶水放在一个闲置的蜂箱上,又接着给我和二舅发香烟。三位老人在那里叙旧,我听了一会儿,然后起身打量这座房子里面的布局。

这是一座四五十平方米的房子,里面很简陋:从门口进来是占总面积一半的空间,脚下是土地面,靠墙角的地方堆放着杂物;门口右边是两间也没有铺地板的房子,一间是厨房,一间是卧室,里面的东西堆放得很凌乱。我想,二堂舅应该是一个人在这里吃住,平时这边也很少来人,所以也没怎么收拾吧。

我坐在一张矮凳上,听他们说话,不时也问二堂舅一些问题。通过谈话,我约略晓得了些二堂舅的情况:他叫魏清苍,今年71岁了,与大堂舅魏清芳是亲兄弟。据他自己讲,他19岁那年,因家里是富农成分,被划为“四类分子”,全家大小遭到批斗,便一个人偷偷跑到了汉源,在那里找了一个女人,当了人家上门女婿。上世纪80年代末,他曾在汉源开办了几年铅矿和锌矿,两个儿子也各自开办了矿厂,两个女儿在事业单位上班。

二堂舅讲了些自己过去的情况之后,又说道:“我当年开办的那座矿山因政府要修高速公路,给征收去了,给了一些赔偿金。近十几年,我不喜欢待在城里,便一个人到处跑着养蜂。最近,我带着30箱蜂回到老家,临时住在这西山上,看看景,散散心,养养蜂。到9月份,我打算离开这儿,再去别的地方放蜂……”

听了这些话,我对眼前初次谋面的这位二堂舅刮目相看了起来。没想到,在这浩荡世界里,一个山里人竟有这样传奇的经历,有这样壮健的身体,有这样洒脱的心态,真是不简单呢!我不禁感叹道:“二堂舅真是一个奇人,奇人哪!”他们都笑了。

养蜂的二堂舅

再次走到柳杉林旁边的坡地时,我们看到宣仲堂舅一家人正在地边栽种菜苗子。我说:“这都快晌午了,你们还来地里干活啊?”宣仲堂舅一边挥舞锄头在地里挖窝儿,一边笑着对我们说:“我们也是才过来一会儿,这边午饭一般都吃得晚些,这会儿正是干活的好时候。”宣仲堂舅家的菜地正好靠近旁边的柳杉林,有些阴凉,何况这边是一块地处山间的小盆地,虽是7月的天气,却并不觉得热,干活的确正是好时候呢。

我们说要帮着干活,宣仲堂舅和堂舅妈赶紧说:“不用了,这片地也不大,我们很快就干完了,你们快点回家歇着吧。”

九

吃过午饭，我通过手机微信联系秀林姐，说我们想今天下午到金口河小城。因为明天就是星期六了，在城里工作的二姨娘家的几个孩子该休假了。我们已在大山里待了一周了，是时候和他们再次相聚了。秀林姐说："下午4点多有一趟从永胜乡街道到金口河区的大巴车，你们过来之后在二姨娘家歇上一晚，明天上午我们一块到大渡河金口大峡谷里去耍。"可是，从和平村到永胜乡还有二三十公里路，二舅妈说俊华表哥在乡上开店忙着自己的生意，下午不能过来接我们了。这该怎么办呢？

宣仲堂舅的妻子正好在二舅妈家门前的院子里，我便去问她，从这儿怎么能到永胜乡街道去。她说："从和平村没有到永胜乡街道的班车，我让你老表魏东给你们联系一辆出租车吧。"于是，我跟着堂舅妈到了她家门前。表弟魏东打了几个电话之后，终于联系到一辆出租车，说是直接把我们从这儿拉到金口河区是100块钱。

当我决定让那位司机过来的时候，母亲赶了过来，说是大堂舅和大堂舅妈来了，请我们到他家去坐一下。我说："是呀，咱们在走之前是应该过去一下，礼品都准备好了呢。"母亲说："你大堂舅说，他侄儿魏松柏明天早上正好去城里办事，顺便把咱们给捎过去。"听她如此一说，我的心踏实下来，说道："明天早上过去也可以，只要有车就行呢！"

我让表弟魏东退了那辆出租车。忽然，我想起了一件事，便问他："你家的灵芝晒干了吧？"他说："已经晒了三四天了，基本上干啦！"还没等我说下面的话，他就知道我的意思了。他说："你的那个陕西老乡不是要买我家灵芝吗，前天你将我的微信号告诉她之后，她很快就加了我，说是要买一斤呢！"我问他："她把钱给你打过去了吗？多少钱？"他说："打过来了，400元。"我笑了笑说:“那敢情好,那你尽快给她发快递过去吧!”他说:“你们打算什么时候回陕西呢?”我想了想说:“如果没什么变化的话,应该是在一个礼拜之后。”他一脸真诚地说:“你那位老乡说她最近正好在老家呢,想让你回老家的时候顺便帮忙给她捎回去,你看你这边方便吗?”我说:“这有啥不方便呢,这样也省下快递费了——是这,你晚上称好灵芝,找个塑料袋装好了,我明天早上吃完饭就走,你提前拿给我。”他笑了笑,爽快地说:“好吧,我明早给你!”

我回到二舅妈家的院子,看见大堂舅、大堂舅妈等一堆人正在说话,上前问候了一下,还给大堂舅和二舅各发了一支香烟。大堂舅笑着说:“听说你们着急下金口河去呢,不用这么着急吧?”我说:“明天就是周末,正好二姨娘和三姨娘家的几个老表都休假,我们也正好在一块聚聚,周内他们都忙着上班,没时间陪我们呢……”大堂舅说:“是这吧,你们下午到我家耍耍,明天早上让你老表用车把你们直接送到金口河区去……”

我和母亲、三姐进房间拿出提早就准备好的礼品,大家一块厮跟着去了大堂舅家。我们坐在大堂舅家一楼门口的院子里聊天,气氛十分热闹。我坐了一会儿,起身在院子里转了一圈,然后慢悠悠地走到院子前边的小路上。我看时间尚早,又没什么事干,便对他们说:“和平村这边的景色真不错,可惜我们明天就要走了,临走之前我再去转转,拍些照片。”大堂舅妈笑呵呵地说:“别走远了,一会儿回来一起吃饭哟!”

我抽着香烟,慢慢悠悠地向前溜达,一路上凉风习习,感觉很是清爽惬意。我一边走,一边留恋地向路两边张望,不时地用手机拍照。我想把姥姥家乡的风景珍藏下来,以后还能翻出照片看看,这也是此次来这边探亲的一大收获呢!

才一会儿工夫,我又走到了昨天经过的那倒人字形岔口了。不过,这次我走的是岔口左边那条路。在这条路上,我看到那一小片柳杉林旁边有一块平整但不规则的田地,地里是新栽不久的甘蓝菜苗。菜苗叶子尚小,大片的灰褐色土壤露在外面。地里有一大一小两块石头,彼此相隔了十几米,全身都生了厚厚一层墨绿色的苔藓,静静地卧在那里。其实,昨天路过这道岔口时,我就看见了那两块石头,当时倒没觉得有什么特别,但在临别之际再去看它们,才发现这两块无用的丑石在天空、树木、菜苗、野草及土壤的映衬下,颇具一种稳重、沧桑之美。

再往前走,一条水泥路横在面前。昨天下午回二舅妈家时,走的就是这条路。顺着这条路再往前走不到二三百米，向右拐就可到北山上去。我抬眼看了面前这座山冈，感觉它并不高，有些像三姐家东西湾村北边的那道土原。我决定爬到山冈上去！

等我走了十几米之后才发现，这条路坡度挺大，弯度也不小，绕来绕去的，估计爬到顶上去可是要耗费不少时间和体力的。正在我犹豫未决之时，忽然下起雨来。我抬头看了看，头顶的天空上灰云连绵，估计这雨要是下起来，恐怕是不会小呢，万一等爬上去之后，雨大了怎么办？

我决定原路返回。才走了几分钟，雨就越下越大了。幸好路边不远处有几户人家，是几座老旧的木房子。我赶紧跑进一户人家的院子，里面的门都紧闭着，看样子家里好像没有人。我径直跑到屋檐下站着，抽起了香烟。才一会儿，屋檐上就挂下了一道雨珠串就的帘幕……

忽然，我听到耳后咯吱一声响，便立即转过了身子。只见一个戴着黑帽子，穿着深蓝色中山装和棕色裤子，脚蹬黑布鞋的老人从里面将门慢慢打开了。他刚才也许是在睡觉，被我的咳嗽声给惊到了吧？我不好意思地说："大叔，我是从这里路过，忽然下起大雨，我在你这儿避避雨。"老人木讷地微笑了一下说："没事。"我给他发烟，他说不抽这个，他有旱烟呢。然后，他指着门口旁边的一条长条木凳，让我坐到那里。他点燃烟锅，吧嗒了两口，接着又从门后取出了一把镰刀和一只快要编完的竹筐，坐在那里开始编制起来。他的动作虽然有些迟缓，但还是能感觉到他的技艺是娴熟的，可能是因为年纪大了才会如此吧。

包老汉和他刚编的竹筐

我一边蹲在旁边看老人编制竹筐，一边和他进行交谈。他说："你是哪里人啊？"我说："陕西宝鸡的，这次来咱们村子探亲来了。"他问："是哪一家？"我就告诉他我二舅妈的名字叫赵启贤，还说今天下午在魏清芳堂舅家做客。他点了点头。接着，我又说了母亲的名字，问他可还有印象。他说："我们村里虽然只有三四十户人家，但有好几个姓。我姓包，村里还有姓彭的，姓刘的、姓魏的、姓张的——对了，你妈多大年纪了?”我说:“我妈今年 75 岁。”他说:“哦,比我小六七岁,既然过去都是一个村的,我应该是见过的……”

我们闲扯了半天,一直不见屋子里再有人出来。我说:“家里就你一个人吗?”他抽了一口烟说:“不,我还有个儿子,他在成都开饭店,生意很忙,平时很少回来,只是过年才回来待几天。”我说:“那你怎么不到你儿子那边去住呢?”他沉默了一会儿,说道:“他在成都买了房子,接我到那边住过,但是我这辈子在乡下待惯了,住在洋楼里不习惯啊……”

老人将那个竹筐编完了,反扣在房台上,拍了拍衣襟上的杂屑,然后走到了院子里。这时,我才发现雨已经停了,天色亮堂起来。于是,我告别了老人。

大堂舅妈给我们准备了一大桌丰盛的酒菜。让我没想到的是,还有一盘鲜美的鱼肉。我问:“这鱼是哪里买的?”大堂舅的女婿廖正平说:“这是我在附近池塘钓的鱼,好吃吧?”我说:“很好吃啊!”他说:“我平时喜欢钓鱼,吃完饭,我带你去钓鱼吧!”我说:“好啊,我得跟你好好学学。”

夏天天黑得晚,吃罢晚饭才 6 点多。天空放晴了,太阳虽已偏西,但金色的光芒如洪水一样涌向山川大地,空气越发明朗,四周可看得很远。表姐夫开上车,拉着表姐魏晓平、三姐和我,从门前的那条路朝东北方向开去,不到十分钟就来到另一个村子。村子在小河对岸,入口栽着一块巨幅喷绘广告牌,上面写着几个大字:永胜张家湾泉水虹鳟鱼,下面还有很多小字对虹鳟鱼的营养价值进行了详尽介绍。我们停好车,沿着一个小斜坡上去,看到有四个大池塘,水蓄得满满的,绿幽幽的,深不见底,池面倒映着旁边的山岭树木。塘坝上有一对年轻的夫妇手里各执一根钓竿面向夕阳气定神闲地坐在那里钓鱼。我们在中间的主塘坝上走了一会儿,想寻一个比较满意的钓鱼点。过了一会儿,那个年轻男子钓上一条大虹鳟鱼,看起来有四五斤重呢。这让我们很是艳羡。表姐夫立即拿出钓竿,挂上饵料后远远地抛入塘心,然后点燃一根香烟,坐在那里,望着夕阳说:“我今天也要钓上一条大鱼,晚上回家咱们下酒吃!”我们只有一根钓竿,表姐和三姐在塘坝徘徊张望了一会儿,两人各要了一张小凳子坐在塘边的树荫下玩起了手机。我则站在表姐夫旁边,一边看他怎样钓鱼,一边欣赏四周风景。

表姐和三姐的身后是一座突兀、雄奇的大山,山顶是平的。我一眼就认出了,这是大瓦山!按说这座村子应该比和平村距离大瓦山更远一些,但是此时我所看到的大瓦山却更鲜明一些,因为眼前没有其他障碍物,它的整个身影一览无余。在夕阳金光的辉耀下，它是那么的幽蓝，蓝得让我有些眩晕。这时，池塘主人从塘坝下的农舍里走过来，我和他聊了起来，他说，传说这座大瓦山曾是燃灯古佛的道场，要步行爬上那个最高的平顶，要用大半天时间呢！他还说，现在有几家南方的公司给这里投资几个亿，说是要进行联合开发呢……

等了大概有一个小时，斜阳的光辉黯淡了许多，村子的上空逐渐有了些浮岚。可是，还没见表姐夫钓出一条鱼来。他有些扫兴地说了句："唉，今天运气不好！"然后收了钓竿，开车拉着我们回了和平村。

池塘边的三姐刘芳林和表姐魏晓平

十

我们是 7 月 29 日一大早离开和平村的，那天的早饭吃得很早。

临走之前，表弟魏东一只手拎着一只装了灵芝的塑料袋，另一只手提了一杆秤，走到我面前说："老表，这是你那位陕西老乡买的一斤野生灵芝。"算说着，就当着我的面过了一下秤，正好是一斤。我笑了笑说："老表，你在家里称过就行了，干吗还非要当着我的面再称一次呢！"他憨憨地笑着说："这是必须的，这样你也就放心了嘛！"我说："看你说的，我咋能不相信老表呢！"他将那一袋灵芝塞在了我手里说："你老乡说她也不是很着急，让你回陕西后给她捎带过去就行了。"我握了一下他的手，语气铿锵地说："这个没问题，请老表放心！"

我和三姐在进房间提行李之前，经过商量，准备各自给二舅妈 200 元钱。可二舅妈说什么也不要我们的钱。我对二舅妈说："俊书表哥这么长时间不在家，你借钱修了这么好的房子，确实不容易，我们姐弟俩也帮不上啥忙，这是一点小意思，你就拿上吧。"她显得不好意思。我又说："我们在这里待了三四天，给你们添了不少麻烦，希望你们有机会也到我们陕西来耍嘛……"二舅妈见我很诚心实意，这才将钱接上了，然后双手撕扯着自己常系在腰间的围裙说道："我一直晕车，出不了远门，恐怕去不了你们那边，只希望你们能多过来看看我。再过五六天，老五就回来了，要是你们能迟走几天的话，就能见到他……"我笑了笑说："没事，我们先去金口河区，然后去一下幺姨娘家，如果老五回来那天我们还在这边的话，我们一定再过来一趟。"二姨娘似乎看到了再见的希望，脸上露出一丝宽慰的笑容。接着，她给我们装了两条他们家熏制的腊肉，和二舅一起拎着行李将我们送出来。

松柏表哥已将车开到了二舅妈家平房旁边的那个丁字路口，在那里等了我们半天。送行的队伍挺壮观，除了俊华表哥没有在列之外，这几天我们所见到过的和平村的几位亲人都过来了。他们说："你们有时间要经常回来看看哟。"我说："我们肯定还会再回来的，谢谢你们这几日的热情招待！"上车前，二舅妈拉着母亲的手说了半天话，一脸不舍的表情，似乎这就是一场永别。

我们坐着松柏表哥的汽车缓缓地离开了和平村。快到一个拐弯的时候，我转过脸向后看了一眼，亲人们仍然站在那个路口，我的心里隐隐地生出一丝惆怅情绪：今日一别，真不知道何时才能重逢呢！在一段长时间的沉默之后，我和松柏表哥随意交谈起来。原来这位老表是昨天上午在和平村西山上碰到的那个养蜂的二堂舅的儿子，他像自己的父亲当年一样，也开办了矿山，只是他承包的矿山在云南，而不是汉源。我问他："这几年矿上的生意如何？"他说："现在的矿山很难做，资金压力很大。"我说："这两年全国经济形势不是很好，做实业尤其艰难，慢慢挺过去就好了。"我又问他："怎么最近跑回老家了？"他说："最近云南那边太热了，再说父亲最近在老家养蜂，我回来一是避避暑，二来探探亲。"他又问了一些我的情况，说他到过陕西山阳县，那边有矿山，他准备承包过来……就这样，他一句我一句地聊了一路，也加深了对彼此的了解。

大概一个多小时后，我们来到了金口河小城。二姨娘家所在的那个小区没有院墙，我让松柏表哥一直将车开到了二姨娘家楼下的那个单元入口。我们让他上二姨娘家喝口水，他说还有些事情要办，然后就匆匆地走了。

二姨娘家在三楼。我们上去坐了一会儿。晓荣哥和秀林姐说："老表们今天约好一起去大渡河金口大峡谷里玩，咱们在那边做烧烤吃，东西都准备好了，三姨娘家的几个孩子在楼下等着呢，时间不早了，咱们几个快下去吧！"因为二姨娘的脚伤还没好，走路不便，所以我们让二姨父和母亲在家陪她。

老表们已经准备好了两辆车子，一辆轿车，一辆小卡车。车上装了烤炉、食材，还有西瓜、啤酒和矿泉水。三姨娘家的老三陈晓琴可能是因为晕车的缘故，由其丈夫宋思明用摩托车带着。其余几位老表及其儿女都坐上了汽车。我们的汽车从大渡河上的那道彩虹桥上跨过之后，向左拐了一个弯，然后沿着河岸边山腰上的公路一直向汉源方向驶去。

这条公路是顺着大渡河边修的，公路右边是长满灌木的峻峭的绝壁，汽车不时也会钻几个隧道。曲里拐弯的公路时而会离开高峡，时而又浮在河上。晓荣表哥是一个颇为健谈的人，他一边老练地开着汽车，一边给我和三姐介绍了大渡河金口大峡谷的情况:峡谷的最大谷深约2600米,整个峡谷全长约26公里。这条曲折的河道急速南去向东又反身北下,险峻壮观。一条北岸的山腰公路和穿山跨涧的成昆铁路贯穿整个峡谷,被世人誉为"最具魔力的天然公园"。

一路上,我的双眼一直透过车窗盯着大渡河看,只见滚滚北逝的大渡河的水色绿而泛黄,虽然汹涌有声,却并不惊涛澎湃。大渡河就像四川人一样,看似平和温顺的外表之下蕴藏着一种深不可测的内在的顽强力量。

大约走了半个小时,前边的河道和山脚之间出现了一块较为开阔的平地。那里有一个停车场,周围栽着一些花草树木;右边有一个阔气的的大门,上面有一块由中华人民共和国开国上将、全国政协原副主席、原铁道部部长吕正操同志题写的匾额。原来这是中国目前唯一的一座铁道兵博物馆。我们将车停在了停车场,一起在铁道兵博物馆门口照了一张合影,然后进去参观。

铁道兵博物馆

铁道兵博物馆位于乐山大佛、峨眉山、黑竹沟、海螺沟黄金旅游线上,距金口河区仅15公里,距峨眉山约100公里。它是中国首座以铁道兵工作和生活为纪念主题的博物馆,具有唯一性和独特性的旅游资源,与成昆铁路及大渡河金口大峡谷雄奇险幽的自然和人文景观有机结合起来,目前已成为四川当地的一个优秀的爱国主义教育基地、国防教育基地及廉政教育基地。

铁道兵博物馆竣工于2012年5月,于同年6月28日开放,占地60余亩,主馆建筑面积近1000平方米。展区分为四个板块:一是"领导关怀、鼓舞人心",二是"枪林弹雨、建功沙场",三是"开山筑路、功勋卓著",四是"永志不忘、继往开来"。以珍藏的1100余件历史文物(主要是铁道兵穿戴过的衣物,使用过的建筑工具和生活用品,及与成昆铁道工程相关的图纸、书刊、照片等文献)，还有后来制作的雕塑和翔实的文字资料等方式相结合的形式，集中展示了中国铁道兵的辉煌历史和精神风貌。展馆以“梦幻的记忆”作为主题，建筑形体采用具有动感的螺旋形设计风格，入口处的引导弧形墙上插入了无数个钢钎，使参观者在进入博物馆前就在心灵上产生巨大的震撼；馆内空间设计上采用梦境虚幻时空来体现历史的痕迹，参观者进来以后仿佛穿越到了过去的那段艰苦卓绝的历史时空中。

关于中国铁道兵及其历史功绩，我相信熟知的人并不多。在此，不妨简要介绍一下：

1953 年 9 月 9 日，中央军委决定组建铁道兵领导机关。从此，铁道兵正式作为一个兵种列入人民解放军的序列。其实，铁道兵的前身是 1945 年 8 月在东北组建的一支武装护路队伍，后来改为东北民主联军护路军。1954 年 3 月 5 日，铁道兵司令部正式成立，兵力最多时达 40 余万人。铁道兵正式成立前，在解放战争中，为抢修、抢建铁路，保障钢铁运输线的畅通无阻立下丰功伟绩。铁道兵先后修建了成昆铁路、贵昆铁路、襄渝铁路、东北林区铁路、新疆南疆铁路、青藏铁路和北京地铁工程等大型铁路，为国家铁路建设立下了汗马功劳。1982 年 12 月 6 日，中共中央决定，将铁道兵部队并入铁道部。1984 年 1 月 1 日，铁道兵部队集体转业并入了铁道部，铁道兵各师分别改称铁道部各工程局。从此，铁道兵在解放军序列中消失了，但铁道兵所立下的不朽功勋，为“八一”军史谱写了不可磨灭的篇章！

铁道兵的历史虽然演绎在全国，却浓缩于 1958 年 7 月开工建设、1970 年 7 月建成通车的成昆铁路线上。在铁道兵博物馆后边的青山上，矗立着一座高大雄伟的成昆铁路建设纪念碑。这座纪念碑由全国铁道兵联谊会捐助，原铁道兵政委宋维栻和原铁道兵司令部参谋长龙桂林分别题写碑名和碑文。据说，当年成昆铁路建成通车与美国宇宙飞船成功登月、苏联第一颗人造卫星上天，一同被誉为人类 20 世纪创造的三部伟大杰作！

成昆铁路的修建和开通，疏通了西南交通大动脉，使沿线的川滇两省七市州 13 万平方公里的区域从昔日的蛮荒之地迈向了文明社会，更使地处高峡深谷中的金口河区实现了千年巨变！正因如此，深怀感恩之心的金口河区人民自 2008 年初，在社会各界，特别是全国铁道兵战友和联谊组织的广泛关注和大力支持下，历时四年多时间，终于在毗邻成昆铁路关村坝火车站的金口河区永和镇胜利村建成了这座铁道兵博物馆，供世人参观和瞻仰……

成昆铁路建设纪念碑

我们从成昆铁路建设纪念碑所在的半山腰上下来后,继续驱车沿乐西公路前行,一路上经过白熊沟、老苍沟,最后在一个竖着古路村的路段标识牌边的空地上停了下来。他们说,目的地到了!

公路右边是一座大山,名叫帽壳山;这里有一道深沟,名叫老苍沟;入口处距离地面十几米的半空中架设了一道宏伟的水泥天桥,名叫一线天。据说,天桥下这条幽深曲折的老苍沟里的沟源里,有大瓦山火山岩原始森林和寿屏山冰川遗迹。从天桥入险道,虽开辟了游人通道,但仍然十分险峻,内有月亮湾、情人谷、卧牛潭等景点,悬崖千仞万壑、宏伟壮观,三小时可到有"伊甸园"之称的荞花山庄。老表们并没有带我和三姐踏上去沟源的游人通道。

我们一起从车上卸下烤炉、食材及饮料,下到老苍沟里去了。沟谷里到处怪石嶙峋,这些石头,有的大如屋,有的小如斗,至于河床中的鹅卵石那就不可胜数了。有清澈冰凉的潺潺溪水从山谷里流出,从巨石的罅隙间流出,或从断崖上跌落,最终汇入了乐西公路那边的大渡河中去了。我们每个人手里都拿着东西,爬石蹚水,互相接援,绕来绕去地往里面艰难地行走了300多米,终于选择了一处水流平缓且清浅的区域,在那里扎下营寨,开始了近三个小时的玩耍嬉戏。秀林姐的丈夫拿出一个马扎坐在河床上给我们做自助烧烤,宋思明、王小林、周健三位表姐夫协助,其他几位表姐及其儿女都两个一起、三个一堆地在旁边玩耍，我一个人往上游去捡石头。时有羊肉、鸡翅、茄子、米包、豆干、土豆的香味飘散于谷沟之间。我们渴了，就分吃放在水里的西瓜，喝放在水里的啤酒和矿泉水。我一连喝下了四五罐啤酒，感觉有些迷醉，便找了一块巨石靠在那里闭目休憩，头沐中天之艳阳，体熏林间之清风，耳听石上之水声，恍惚迷离之间竟不知今夕何夕……

下午3时许开始返程，走到金口河大峡谷的巨石标识跟前时，忽然大雨滂沱，我们便停下来在那边的农家乐里避雨。我看见有不少人在畅游大渡河，趁老表们于亭下休憩避雨之际，我与秀林姐的丈夫罗青华一起跳入大渡河中，冒雨游泳一个多小时，那感觉实在是痛快刺激！

十一

星期天下午4点多,秀林姐的丈夫罗青华开车把我们从金口河区送到了幺姨娘家。二姨娘这半个多月来因为脚被烫伤一直窝在家里,这可把她给憋坏了,说是想出去透透气,于是就跟着我们一起过去了。

幺姨娘家在金口河小城北边的金河镇五一村。三姨娘家的三女儿陈晓琴嫁到了灯塔村,与五一村相邻,从金口河小城去幺姨娘家正好要经过晓琴姐家,二姨娘和表姐夫便带我们顺便过去看了看。

与当地山区的很多人家不一样的是,晓琴姐的家砌有院墙,还装了铁栅门。院子总体面积不大,比较狭长,住宅是一栋二层西式洋楼,上下里外都装修得很漂亮,房间里面家具电器也是一应俱全。她家距离城里很近,夫妻俩都在水电站上班(表姐在五一村桃金电站上班,表姐夫在共安乡象鼻电站上班),单位离家都不太远,所以没有在城里买房。

晓琴姐和表姐夫宋思明都是40岁出头的年纪。晓琴姐身材较瘦,长着一张娃娃脸,还戴着眼镜,加之着装色彩比较鲜艳,所以看起来要更年轻一些。而表姐夫宋思明肤色较黑,留着茶壶盖式的平头短发,话语不多,看起来一脸老成持重的样子。晓琴姐的公公、婆婆在一楼的房间里休息,所以我们没有见到。那天下午,表姐和表姐夫没有上班,我们一起坐在二楼客厅里吃着葡萄、梨子,拉了一个多小时的闲话。他们本来想要留我们一起吃顿晚饭的,我们说先去下幺姨娘家,过两天再过来。

汽车沿着那条弯弯曲曲的公路行驶了七八分钟,来到了五一村。和我们最近去过的民主村、和平村相比,五一村的住户相对要集中一些。汽车行驶到一个上坡的向左的拐弯处时,我们看到那里有四五户挨在一起的人家,其中有一家门前的院子上空搭着彩钢瓦棚,有一个身材瘦削、留着灰白短发、穿着短袖的60多岁的男人站在路口笑呵呵地在招手。他就是我的幺姨父先志维。其实,在我们刚到金口河小城的第二天,幺姨父听说我们来了,住在二姨娘家,便先行跑到城里来看过我们了。那天,聚集在二姨娘家客厅里的人比较多,幺姨父说话不多,手里捧着三姐送给他的手工制作的老布鞋和绣花鞋垫,总是一脸笑呵呵的表情。当时,我和他也没有说上几句话,只是对他那一脸真诚和蔼的笑容印象比较深刻。后来,我们在三姨娘、二舅妈家做客的那几日,幺姨父也曾打来两次电话,问我们什么时候去他家里。

终于盼到我们了,幺姨父的脸上笑开了花,他那原本就不怎么大的眼睛眯成了两道月牙儿。待我们几个下车后,他一一热情问候,接着赶紧从汽车后备厢里取下所有行李,然后走到院子里将幺姨娘喊了出来。与幺姨父相比,幺姨娘看起来不大显老,她留着一头男式短发,穿着黑白相间的轻薄大花衫,微笑着走过来说道:"大姐、二姐……你们都来了!"我和三姐上前主动给幺姨娘打了一声招呼。母亲指着三姐和我介绍道:"幺妹,这是我们家芳林和省平,他们小时候曾来过你家的。"幺姨娘看了看我们说道:"哎呀,没想到这两个娃都长这么大了,我都认不出来喽,时间过得太快啦!"幺姨娘旁边站着一个低矮瘦小的老婆婆,她的头上缠了一道黑布圈,两鬓上露出几缕银丝,脸上有很多老年斑,神情极为慈祥和蔼。母亲说:"这位就是你幺姨娘的婆婆,今年都104岁了,但身体硬朗得很。"我愣了一下,心想:这么大年纪了,耳朵应该早就背了,我即便一声"婆婆",她也是听不见的。于是,我便只是望着她笑了笑,没有称呼她。母亲问:"你咋不叫你婆婆呢?"我说:"她应该听不见吧?"没想到幺姨娘的婆婆噘着嘴巴笑了一会儿,突然说道:"我听得见呢。"听到这句话,我吃了一惊,没想到眼前这位年过百岁的老寿星竟然眼睛不花、耳朵不聋,头脑也这么清楚。我尴尬地笑了笑,立即喊一声"婆婆"。大家都笑了。

幺姨父引着我们将行李放到了一楼的客厅里,然后一起来到院子里。这时,院子里站了两个小孩:一个是女孩,长得眉清目秀,看起来比较腼腆乖巧;另一个是男孩,长得虎头虎脑,看起来很机灵。幺姨父用手指着他们说,这两个是我的孙女和孙儿,孙女叫巧玲,孙儿叫先晨。然后,他告诉这两个孩子说。这个应该叫什么,那个应该叫什么。

我们在院子里的一张黄色圆桌旁坐了下来。幺姨父拿出一包香烟发给我。幺姨娘拎来电壶给倒上了茶水。两个孩子坐在旁边听我们说了一会儿话之后便坐不住了,跑到一边玩耍去了。青华姐夫说是家里还有点事儿,自己开车先回城里了,将他的岳母、我的二姨娘留了下来。二姨娘是一个性格活泼的人,有她在,院子里时常爆发出一阵欢快的笑声。

母亲、二姨娘、幺姨娘的合影

幺姨娘和她的婆婆陪我们聊到五六点的时候,都系上围裙进厨房里准备晚饭去了。过了一会儿,幺姨父也过去帮厨了。他先是从后院拎出一只大公鸡在院子入口的水龙头边宰杀清洗干净了,然后又弄出来一些土豆、豆角在那里认真择洗。他一边忙着手里的活,一边陪我们说笑,生怕怠慢了我们。我们要过去帮忙,他硬是不肯,说我们都是客人,怎么能让我们干这些活呢……

晚饭很丰盛,有菜有肉也有汤,主食是米饭,和三姨娘、二舅妈家的伙食差不多,摆了满满一大桌,色香味俱全。四川男人大多喜欢喝酒,尤其家里来了客人更是免不了要大喝而特喝的。幺姨父提出一大桶贴着“二麻”标签的药酒,说是要与我共饮。我借口自己的胃不大好,不敢喝白酒。于是,他又提出一件“雪花”啤酒放在我面前,一连启开四五罐放在我面前,大声说道:“这都是你的。”这场面着实吓我一跳!看来,我今天真是遇到一个能喝酒的了!我心里暗自叫苦。

我和幺姨父吃菜都不多,吹一阵牛之后便碰一下杯,碰一下杯之后又继续吹一阵牛，一直从日落时分喝到了晚上 9 点多才收场。

酒喝得差不多时，我便向幺姨父问起他家子女的情况。他说，他的女儿名叫云萍，生于 1979 年，中学毕业之后跑到广东打了几年工，在那边谈了一个男朋友，已经结婚多年，因为离娘家太远，平时很少回来，去年他和我幺姨娘还到那边待过一段时间；他儿子名叫云华，今年 35 岁，是一个货车司机，长年给当地一家矿石厂拉原料，这两年那家矿石厂效益不好，今年的活路特别少，好长时间没事干，在家闲着，前段时间刚把家里的那辆大卡车卖掉了。

喝了几口酒之后，我又问道："云华表弟今天怎么没在家呢？"幺姨父说："前一阵子，你表弟和几个开货车的朋友开车到新疆去了，说是吐鲁番那边有一个什么工程项目，先过去实际考察一下，看看是否能做。"我又问："他啥时候回来呢？"幺姨父抿了一口酒，然后说道："前两天，你晓荣哥给云华打电话说大姨娘从陕西过来探亲了，让他尽快回来见一下。他听说了这个消息之后很高兴，看完项目后便立即往回赶了，这会儿还在高速公路上跑着呢，如果路上没什么耽搁的话，应该明天早上就回到家里了，你们兄弟俩以前还没见过面，这次可要好好聊聊啊……"

我和幺姨父聊得很投机，酒也喝了不少。母亲、三姨娘、三姐不时也插进几句话来。婆婆年纪大了，只是坐在那里静静地听，基本上没有讲话。幺姨娘吃得不多，忙着照顾大家，不断地给我们的碗里拈菜和加饭。在来幺姨娘家之前，我听母亲大略讲过幺姨娘家的一些情况，说是这两年幺姨娘的儿媳妇和云华闹矛盾，经常不着家，让我们过去之后最好不要提说这件事情。我们过来之后，云华的媳妇果然不在家里，也没有一个人提说她，似乎家里压根就没有这个人一样，所以我也没敢多嘴。我想，可能正是因为儿媳妇和儿子之间的事情让幺姨娘很苦恼吧，我发觉她不太讲话，也很少笑，脸上总是笼罩着一丝愁云。

饭菜撤走之后，我和幺姨父的酒还在继续喝着。我感觉略有些晕头，便站起来走动了一下。我拿着自己的杯子去一楼右边的房子里找茶叶，发现墙上贴了很多奖状，这些是云华表弟的两个孩子的奖状，先晨的奖状似乎更多一些。我回到院子里以后，看到幺姨父有些醉了，他趴在桌子上，说话有点不大利索了。我从窗台上端来一杯晾好的水给他，笑着说道："幺姨父，你是不是喝高了？"他抬起一只手臂在半空里挥舞了一下，用拉得很长的语调说："没——有，没——有。"我说："没醉就好，看来你的酒量确实不错呢！"先晨是一个多动的孩子，一会儿在桌子旁边扮鬼脸，一会儿又在院子里蹦跳扑闪，似乎浑身有使不完的劲儿。我瞅着先晨说:“你这小鬼挺淘气的,不过学习还不错,竟然得过那么多奖状,真是厉害了!”幺姨父笑了笑说:“这小家伙就是挺淘气的,老是爱上高沿低,去年玩耍时把一只胳膊给摔骨折了,在医院里住了好长时间,花了好几千块钱呢。”我立即关切地问:“现在完全好了吧?现在不是有新农村合疗吗,一报销,最后也花不了多少钱。”幺姨父说:“他已经好了,小孩的骨伤好得快。不过这小鬼挺坚强的,住院期间做手术,那么疼都没哭过。他也挺懂事的,有一天竟然对医生说,在医院里太花钱了,让他赶快好起来,这样爷爷奶奶就不用那么担心了……”听罢这番话,我将先晨一把拉到自己身边,摸着他的小脑袋说道:“先晨,你以后可不敢再那样淘气了,要好好听爷爷奶奶的话,别让他们为你再担惊受怕了。”先晨望着我,皱着眉头“嗯”了一声,然后跑到邻居家门口,与他的巧玲姐姐及村里的几个伙伴玩耍去了。

与幺姨娘家人共进晚餐

当天晚上,母亲和三姐住在一楼左边的那间房子,我住在二楼左边的一间房子。我住的那间房子收拾得很干净,靠墙是一排衣柜,柜子前边摆着一张新式的大床,床头上方挂着云华表弟和他媳妇的婚纱照。原来我住的是表弟的新房啊!

晚上很凉快,但从窗外不断传来的蛙鸣声吵得我难以入梦,脑子里不断浮现家乡的景象片段,于是便在手机上摁下一首小诗《蜀山夜居》:

小楼醉卧听蛙声,山夜天高不见星。
渭水惊涛拍枕畔,谁言乐蜀不思秦?

十二

第二天大清早，幺姨父带着我和三姐到他家后院转了一趟。

要去后院须从厨房后门过去。后院是他家过去还没拆完的老房子，左边是过道，右边是猪圈，圈里养了几头白毛猪。经过猪舍后，再穿过一小片苞谷地，一条宽度不到十米的小河出现在眼前，此河当地人称野流河。

这里别有一番天地：小河对岸是山脚，陡峭的山坡上长满各种乔木和灌木，一片蓊郁的苍翠；河床深陷下去两三米，到处都是不同形状、颜色的巨石；水流不大，但清澈见底，汩汩有声。我们从苞谷地边缘的羊肠小道下到了河床里，不远处有十几只黄色、黑色的鸭子，或在水里游泳，或在河滩上踱步，嘴里不时发出一阵阵嘎——嘎——的叫声，愈发显得这方小天地的幽静。

我指着这群鸭子问幺姨父："这些鸭子是谁家的呀?"他说："这些都是我们家养的，供家中日常食用，不对外售卖。"他眼睛瞅着脚下，从低处上到一块大石头上，然后用手指着河滩说："我们家乡的这条野流河过去水量还挺大的，里面鱼儿也多。自从多年前上游建了几个水电站后，河水大部分被截流了，生态环境和以前有所不同了，你们看(他用手指了指脚下)，下游的水如今真是少得可怜，而且没有以前那样清澈了。"

昨夜下过一场大雨，早晨的天色看起来灰蒙蒙的，小河两岸的树枝草藤上都是一片片水淋淋的景象。我穿的是一双有网眼的帆布鞋和低靿的薄袜子，为了不弄湿脚，便只好踩着河心里的那些大大小小的石头，顺着河床往上游走。我小心翼翼地往上行走了一段之后，发现这条小河的水位确实不高，低洼处的水潭顶多也就只能淹到膝盖部位。幺姨父穿的是拖鞋，三姐穿的凉鞋，大概是嫌河水太凉的缘故，他俩也只是偶尔才将脚踩到水里。我蹲下身子，掬了一捧河水，感受了一下温度，确实太凉了，所以始终没有敢脱下鞋子往水里蹚。

河底和岸边除了有大块的石头之外,还有很多鹅卵石。我向来是喜欢石头的,便俯身在河里捡石头,但仔细检视了半天,最后也没有捡到令自己满意的石头。于是,就用手机拍了很多照片,算是留一些念想吧。

我还想去上游探寻一个究竟,却被幺姨父一句话给拦了回来。他说:“在这些石头上行走比较危险,你还是别往前走了,上头不远处有一个养猪场,气味臭得很,我们还是回家去吧,一会儿你幺姨娘要喊我们吃早饭啦。”

幺姨娘家后边的野流河

吃罢早饭,我在二楼房间里休息,忽然听见有辆汽车开进了院子,很快就熄了火,继而,听到车门砰的一声闷响,很快就有好几个人说起话来,其中有一个陌生的年轻男子的声音。

我想,肯定是云华表弟回来了,便立即起身下楼。

我刚走至一楼大厅出口,就看见一个30岁出头,比我个头略矮一点的脸颊瘦瘦、眼睛圆圆的小伙子站在那里,正在和亲人们说话。他旁边的那张圆桌上放了两串新疆葡萄、两个哈密瓜,还有巴旦木、葡萄干、红枣和瓜子。我上前主动打了一声招呼:“老表,你终于回来啦!”云华看着我,笑呵呵地说:“老表,你好!是的,我刚从吐鲁番回来,见到你们也很高兴啊!”他和我握了一下手,然后又说道:“老表,欢迎你和大姨娘来我们家耍!”我给他发了一支香烟,然后说:“老表,听说你们是日夜兼程开车从新疆那边赶回来的,一定累坏了吧?你快洗漱一下,回房子好好睡上一觉,等你睡好了咱们兄弟俩再坐下来好好聊聊。”他憨憨地笑了笑说:“没事,我们这趟去了好几个人,大家轮换着开车,一路上走走停停的,一点都不累呢。”说完,他将那一袋新疆葡萄拿到水池子边冲洗了一下,然后放回到桌子上让大家吃。

我和云华表弟坐在桌子旁边,吃着新疆葡萄,嗑着瓜子,聊了起来。

母亲、二姨娘和三姐在和云华说了一会儿话之后，无事可做，便打起了花牌。我向来不喜打麻将、纸牌，云华表弟便陪着我说话。幺姨娘去厨房烧火去了，幺姨父又杀了一只土鸡，巧玲和先晨在旁边玩耍。这座普通的农家院里充满了欢乐祥和的气氛……

我第一眼看到云华表弟，感觉他应该是一个性格比较腼腆的人。没想到，他在我这个初次见面的老表跟前似乎并没有我想象的那么拘谨。至于去吐鲁番考察什么项目，考察的结果如何，他并没有做详细的说明，只是说他们这次去的是托克逊县，那边有一个工程项目很大，大概需要四五年才能完工，但目前他们几个还没有决定到底是否过去。他还说，他以前从来没有去过那么远的地方，这也是平生第一次去新疆。我说："你感觉那边怎么样？饮食还习惯吗？"他说："新疆的面积可大了，但很多地方都是戈壁滩，气温特别高，简直快要热死人了。新疆人特别喜欢吃羊肉、面食，我们刚过去还真是不太习惯呢！"2015 年 7 月，我曾跟随去霍尔果斯做地下水调查项目的一个老乡走过一趟丝绸之路，当时路过了吐鲁番，所以对于他所说的这些情况是大概知道一些的。我说："四川属于中国西南部，这里的人喜欢吃腊肉、米饭，而新疆地处大西北，那里的人爱吃羊肉、拉条子，你们几个过去肯定是不习惯的。不过新疆那边的烤羊肉串、拉条子拌面、椒麻鸡的确是很好吃的——对了，我七八年前到成都、德阳出过差，那边的羊肉汤是很有名的，我吃过，感觉还不错呢。新疆回民做的拉条子拌面、椒麻鸡拌面比较正宗，味道好极了，面条也特别筋道，你要吃习惯就好了。"他说："我们乐山人吃羊肉一般，不像简阳、德阳那边爱喝羊肉汤，不过我们这边的腊肉、熏肠也是很不错的哟，我们每天都吃的，哈哈……"

我和云华表弟还聊到孩子的教育问题。我说："你这两个孩子都挺乖的，你可要好好培养呀。"云华表弟说："巧玲毕竟是个女孩儿，比较乖巧听话，就是不怎么喜欢学习，贪玩得很哪；先晨这小子太过淘气了，一刻也安静不下来，去年有一次玩耍都把胳膊摔骨折了，让人有操不完的心，唉……"我笑了笑说："你说的这个事情我知道的，男孩子嘛，就是要淘气顽皮一点，这样将来才有出息呢！"抽了两口烟之后，我又问道："老表，你平时在外边忙着跑车，孩子的学习你是怎么抓的呢？"他说："我们村上的小学在山上另外一个村里，距离这儿有些远，为了方便孩子上学，我几年前在金口河区买了一套三四十平方米的小房子，我们平时是住在那里，城里的学校教育资源、老师教学水平毕竟比山村里要好得多。"他沉默了片刻又说："之前买的那套房子面积太小了，现在住着已经感觉到有些局促了，等过两年孩子大点了，我就把它卖掉，另买一套大点的房子，让我爸爸妈妈也搬过去住。”我说：“你家里房子修得这么好，距离城里也不太远，其实……也没有必要再买房子了。再说，幺姨娘、幺姨父他们年纪大了，住在城里可能不太习惯。”他想了半天才说：“那就到时候再看呗！”

傍晚，二姨娘的二儿子简明华驾车带着妻子和女儿从广州回到了金口河。

明华哥的小名叫小红，在二姨娘家的四个孩子里排行老幺，比我年长两岁。我曾听父母说过，明华哥以前在眉山做工程造价和预算工作，在眉山市里买了房成了家，生了一个女儿名叫简婉玥，和我的女儿刘婉静同岁。去年冬天，父母从四川探亲回来又告诉了我一些他的新情况：这两年，明华哥在广州那边承包建筑工程，发展得挺好。去年元旦前，他的二女儿出生了，二姨娘和二姨父还跑过去带了一段时间孩子。

在明华哥从广州开车往老家赶路期间，三姨娘的三女儿陈晓琴在“外婆桥”微信群里给大家说过，明华哥回来后，首先由她来做东，请所有亲戚都到她家来聚餐。

傍晚，晓荣哥开车过来了，他把我们接到了晓琴姐家里。在晓琴姐家的院子里，我第一次见到了明华哥和他的妻子及两个女儿，也见到了晓荣哥的妻子。这次聚会规模挺大，坐了满满的三桌亲人，大家坐在一起大块吃肉，开心畅饮，一直到太阳快落山时才散席。散席之后，明华哥和我们一道去幺姨娘家坐了半个多小时，然后将二姨娘接回了金口河小城。临走时，他客气地说：“你们再在幺姨娘家好好耍上几天，然后下到金口河区来，我来请客，大家再好好聚聚。”

表姐陈晓琴家的大聚餐

明华哥走后，云华表弟又给我开了几罐啤酒，我们俩坐在院子里对饮到半夜。因为这天喝的酒太多了，我又泡了一杯茶来解酒，结果大脑太过兴奋，晚上躺在床上迟迟睡不着，忽然来了诗兴，便在手机上摁下一首小诗《山中夜饮》：

日落棚间飞晚霞，亲人忆旧且吃茶。
山风送爽百虫唱，夜半梦来叩碧纱。

十三

有人说,纸上江湖短,山中日月长。对于像我这样从小就生长于关中平原,又十多年工作于大都市的人来说,猛然住到僻壤深山里,的确感觉到原本短暂匆促的一天忽然变得那样漫长,尤其是在没有什么书籍可看,没有什么事情可干,手机网络信号又极不好的情况下。

幺姨娘家所在的五一村处于崇山峻岭之中,门前院后都是大山,即便是这个村子的住户相对来说还稍微集中一点,即便是她家门前的公路上时常有大卡车呼啸而过,但这一天之中终究是见不到几个人影的。于是,我就感到了内心的寂寞和精神的枯闷。

这天上午,天气晴好,阳光虽然刺眼,但是并不觉得很热。云华表弟不在家里,我便让幺姨父陪着我在村子附近转一转,这算是一种排遣寂寞的办法。

我们是在吃中午饭之前从家门口沿着公路慢慢悠悠往山上走去的。

起先,看到公路两边每隔十几米就有两三户人家,房屋大都是由政府扶贫补助新盖起来的二层楼,内外粉刷一新,黛瓦白墙在这翠色环绕的大山世界中显得是那样鲜明耀眼。走了三四百米之后,公路左边的野流河对岸出现两座小型水电站。幺姨父告诉我,这两个水电站,一个叫桃金电站,另一个叫五一电站,我的晓琴表姐就在那个桃金电站上班。因为水电站距离公路还有些距离,从外边乍一看也没什么特别之处,所以我没有过去。

我们继续顺了公路前行,几十米之后,遇到一个右拐的大转弯,那里有座小桥,桥的左边拐角外有一座新盖的没有院墙和门匾的庙子。幺姨父用手指了一下说:“这是我们村上的庙子,我带你进去看看。每次登山,但凡遇到庙宇或道观,我必定是要过去看一看或拜一拜的。”才走了几步就到了庙子门前的院子里,那里围坐了两桌男女,正打着花牌。我瞅了一眼,并无兴味,便径直进了庙子里面。这座庙子原来是由新旧两座庙堂套接在一起的,外面这间应该是后来新扩建的,墙壁和塑像都很崭新干净;里面的那个明显是旧庙堂,有一道老旧的木门在新庙堂的右手开着,下面还装着高高的门槛。两座庙堂大厅里都各有三四桌人,也都正在打着花牌,这些人中有上了年纪的老头儿、老太婆,也有中年的男子、妇女,还有年轻的抱着婴孩的媳妇。庙堂本该是一个清寂肃穆的所在,没想到竟有这么多村民在这里打牌取乐,这种人神共处喧闹牌场的情形我倒是平生第一次遇见。也许村民们也觉得这山中日月太长了,所以要通过打牌来消磨一下吧。这些打牌的村民见一个陌生的面孔进来了,轻轻地瞅了一眼,又继续抽着自己的烟,喝着自己的茶,打着自己的牌,一副悠闲自在、怡然自得的神情。我背搭着双手,在庙厅里踱着步子,瞻仰墙根下供奉的一排排佛陀神仙。和我之前在其他庙里所见不同的是,这座庙里的佛陀神仙的金身连同底座整个儿像是用一整块木头雕刻而成,色彩鲜艳,做工十分精细。新建的庙堂与老庙堂的连接处有一个转角的楼梯,由此上去,竟还有几间分隔开的小庙室。每间小庙室里都靠墙供奉着几个和楼下不同的佛陀神仙,而且这些佛陀神仙一个个面貌狰狞,皆是我从前没有见到过的:要么手里持着奇怪的法器,要么胯下骑着怪异的坐骑;其中有一尊不知名的长着一只鸡脚的木雕令我印象尤其深刻,但搞不清楚到底是哪路神仙,只是觉着新鲜好玩。另有一间较大的庙室,三面墙上都挂的是装了镜框的神仙画像,女娲、伏羲、王母娘娘、太乙真人、元始天尊等,这些神仙我曾在《西游记》《封神演义》等中国神话小说里看到过,但还是第一次见有人将他们供奉在庙里。在中国广大的乡土世界里,宗教信仰由来已久,但并不纯粹单一。几乎是每个村里都有庙宇,庙里既供奉着西天的佛陀,亦供奉着南天的神仙,老百姓只要进了庙里,不管是佛陀还是神仙,都要挨个烧香叩拜一遍,只求神灵的庇佑,至于各个宗教的教义却是很少有人能搞清楚的。

出了庙门,我们朝右拐到了一道大而长的弯坡上。上去之后,眼前出现一个岔口,向左拐是条老公路,绕来绕去,最后竟绕到幺姨父家后边的那座山头上去了;向右是一条新修的水泥公路,路口绷着一条尼龙绳,立着一个牌子,看样子还没有正式开通呢。我站在岔口,手搭凉棚看了一下,往山上去的那条公路边既没有大树遮阴,也没有人家,便懒得再往前走了。

太阳业已端直照在了我们头顶。幺姨父说:“再往上边去也没什么了,咱们回去休息一下准备吃饭吧，等天气凉快些了，我们再顺着这条新修的公路散散步吧！”我说：“好吧！”

坐在河边休息的幺姨父

次日把晚饭吃过后，待在家里实在无聊，幺姨父便叫上他们全家人陪同母亲、三姐和我又爬了一次山。这次我们走的是那条新修的还未开通的公路。这条公路像粗麻绳一样悬在半山腰上，基本上和幺姨父家门前的路是平行的，路面挺宽，坡度比较平缓，走起来并不觉得吃力。起先，对于婆婆上山我还有点担心：这么一把年纪了，体力还能撑得住吗？但婆婆的体力远比我想象的要好，她一直陪我们走到了那条新修的尚未正式开通的公路上。因为我向来走路速度比较快，想赶在日落前尽可能多地欣赏一下陌生的山岭上的风光，所以便一直和云华、巧玲、先晨走在最前边，走着走着，就将他们几个都远远地甩到了身后。我们走了大概四五里路，左边是大山，右边是深沟，除了高低起伏、满眼翠色的林木草莽，也并没有让人眼前一亮的特别景致，但能有几个亲人相伴左右，一同怀着不可形容的童心，在这向晚的山路上散漫地行走和说笑，这足以使我感到心胸豁畅、肺腑清爽了。

日头落到山沟里了，温柔的夜色朦胧了山沟与树石的轮廓。这条公路两边没有路灯，前方的路途与山色模糊在了一起。我们担心走远了一会儿回去不便，就掉转了身子返程。走了差不多有一半路程时，碰上了幺姨父一行。幺姨父的母亲没在行列之中。我问：“婆婆怎么不见了，她是不是走不动了呀？”母亲说：“天黑了，光线不好，你幺姨父怕他妈看不见路，十几分钟前就让她一个人先下山去了——她还操心着家里的猪和鸭没喂呢。”我惊奇地问：

"婆婆这么大年纪了,还能喂猪和鸭吗?"母亲笑着说:"你幺姨娘这两年一直在城里打短工,顺便给两个上学的孙子做饭,你幺姨父干地里的活路,婆婆平时就在家里养养猪和鸭。"听了这番话,我心里越发佩服婆婆了。在我们关中地区,别说100多岁,就是80多岁的老人,走路不让人搀扶就已经很不错了,更别说是爬山和干活了!我不禁赞叹了一句:婆婆真是好身体啊!母亲说:"现在的人生活条件和医疗条件好啦,普遍都活得年纪大了。活得岁数大了好啊,能看到这个社会的新变化啊!"临了,我说:"山里人虽然劳动强度大,但居住环境比城里要好得多,空气清新,吃的粮食、蔬菜大多是自家地里出产的,不施用化肥和农药,那是真正的绿色有机食品,自然要比城里人健康长寿了。"

回到幺姨父家里后,母亲还给我讲了一些关于幺姨父的老母亲的事情:她是金口河区一户穷苦人家的女儿,当年的婚姻是由其父母一手包办的,结婚前一直没见过未婚夫的面,直到入了洞房之后才看到自己所嫁的男人竟然是一个比自己大了十几岁的瞎子,气得泪流不止,但没有办法去改变现实,只怪自己命苦无福。结婚后,她为夫家生下两个女儿和一个儿子(我的幺姨父排行老二),家里和地里的活路基本都是靠她一个人来干。按说她的命已算是很苦了,可是,就在她刚30岁那一年,她的丈夫突然病逝了,留下她和三个孩子相依为命,艰难地过着日子。母亲还告诉我,去年她和父亲过来探亲,听说当地政府干部给这位百岁老寿星披红戴花,还奖了几千元钱……

听了关于婆婆的故事,我的心绪久久不能平静。因为,近两年,我陆续收集和翻阅了几十部明清时期的地方志书,知道在中国的旧社会中,这样的苦命女人不计其数。她们有些被名隐事简地载入了地方志《列女传》中,更有县令旌表,送匾,立碑,谓之"贞洁可风",欲树为后世之妇人的楷模。今年年初,我在读罢嘉庆版《扶风县志》之后写过这样一段札记:

然吾不忍卒读,既为列女赞,亦为贞妇悲哉!古之人,丈夫可三妻四妾,亦可因丧偶而续弦,何独妇人须从一而终,守贞节义耶?人生短短,青春几何?多因贞节之名而误之。封建道统数千年,荼毒妇人者不知有多少人哉!固尝有贞节牌坊,今存者几何?纵曾录于邑志,今知者几人?此名为虚名,况有姓而无名乎!

晚上,我与母亲、三姐商量了一下,此次探亲计划的日期快满了,应该提早订下返程的火车票了。可是,五一村这边地处山沟里,手机网络信号极差,我弄了半天也没有成功,只能寄希望于明天到达金口河小城之后了。

五一村的一座老房子

十四

8月3日上午,明华哥在“外婆桥”微信群里发出了一则聚会邀请,请诸家老表晚上7点到金口河区金桥公园旁边的醉仙阁吃火锅。云华表弟于当天下午5点多开车将母亲、三姐和我从五一村送到了金口河小城里。傍晚,我们三桌亲人热热闹闹地聚了一次团圆饭。完了,老表们兴致颇高,就又在滨河路旁边的一家KTV唱歌,直到11点才散伙。唱完歌出来,我们才知刚刚下过一场大雨。彼时,雨还没有完全停住,空中还零星地飘着雨丝,感觉凉意无限,我醉酒的头脑略微清醒了一些。

前段日子,我们虽然两次到过金口河小城,但皆是仓促小住,很多时候都有亲人陪同,没有机会单独逛街,所以对于这座城市整体的布局和建设情况不甚了了。金口河小城是我们此番探亲之旅的第一站,亦是末一站。过去,我常听父母提到这个地方,知道四川的亲戚都生活于这片土地上,所以对于这里总要多一些关注,但一直并无机会多做了解。第三次住到二姨娘家之后,我很快在网上订下乌斯河至宝鸡的一趟火车票。二姨父慢条斯理地说:“你们大老远地过来一次不容易,不要心急,在这里好好地耍上两天嘛,到时候让秀林和青华两人开汽车送你们去火车站。”这下,我和母亲、三姐才安下心来在这里逗留了两天,也使我有机会能更多地了解这座令人魂牵梦绕很久的城市。

金口河区位于四川西南部峨眉山南麓,距乐山中心城区120公里,地处乐山、雅安、眉山、凉山四市州交界处,是攀西地区通往成都平原经济区、川南经济区的交通咽喉,是享受民族地区待遇的区县,是全省“四大片区”连片扶贫区县。金口河的基本区情,当地政府总结出了“三小”和“三大”。所谓“三小”:一是辖区面积小,全区土地面积598平方公里,仅有4乡2镇41个村296

个村民小组；二是经济总量小，2015 年 GDP 总量 31.9 亿元，公共财政收入 1.47 亿元，分别仅占全市的 2.5%、1.7%。三是人口总量小，总人口只有 5.1 万，其中以彝族为主的少数民族人口 6900 余人。所谓“三大”：一是大渡河，水能资源丰富，金口河段水电资源理论蕴藏量 220 万千瓦，枕头坝一级电站建成投产，沙坪二级电站成功截流；二是大峡谷，金口大峡谷是国家地质公园，被评为“中国十大最美峡谷”，获评国家水利风景区，全国唯一的铁道兵博物馆坐落其间；三是大瓦山，世界第一桌状山，创建的国家湿地公园、水利风景区，被誉为“自然生态博物馆”和“野生动植物基因库”。其实，除了旅游资源外，区内有白云石、磷矿、硅石等丰富的矿产资源；有驰名中外的优质中药材黄连、牛膝、杜仲等；全区水电装机容量 13 万千瓦，年发电量达 8 亿度。金口河区境内属亚热带气候，气候温和、雨量较多，所以这里四季气候都很好。

上面这段文字来自金口河区政府网站，这只是对金口河区情的简要介绍。要想真正地熟悉一块地方，除了查阅现成的资料之外，亲自走访和实地观察是大有必要的，如此方可获得更为深刻的印象和感受。

金口河区的彩虹桥

那天吃过早饭，我只身一人出了门，从二姨娘家那个小区底下的通道出去，来到大渡河畔弯弯曲曲地栽了一排粗大榕树的滨河路二段人行道上，在滔滔河水的咆哮声的伴随下走了约莫一里路，然后从那条窄而短的桂园街拐进了罗回街，一直走到了金口河区民族事务委员会门口。我瞅了一下，再往前走，街道两边的店铺馆舍就少了，便又折返回来，拐到了和平路上。一路上，我以一个外来客的身份在陌生的街巷里漫无目的地穿行，用儿童般的好奇眼光去仔细打量这座小城的角角落落，试图发现一些新鲜的事物，以增加自己的阅历、见识。然而，在这些弯来拐去的行人不多的大街小巷中行走了半天，并无什么奇特的遇见，感觉和很多城市一样，街道两边无非多是些楼房馆铺、商场超市、机关单位而已。这是一座临山傍水的小山城，其规划布局和市政建设只能顺着地形走势而为，不可能像关中平原城市那样可以把街道修得端端正正、宽宽阔阔，但其整体的外在形象和内在气质给我的印象却是别的城市所没有的——不取巧，不做作，不过分修饰，具有一种自然、素朴、悠然、沉静、从容之美，这些特点恰好与当地人的习性作风相吻合了。

走到金口河区政府对面时，我想找一家书店，看是否能找到一些当地的文献书籍。经过打问之后，我拐进了街道对面的一条小巷，在那里看到了金口河区图书馆，径直进了借阅室里。借阅室里收藏陈列的书刊并不多，我挨个书架进行浏览搜寻，只找到一本由乐山市公路部门编辑出版的关于境内公路修建方面的书籍，从里面看到一点零星的关于金口河区的资料。书里所载的关于金口河区的资料和政府官方网站上的差不多，只是里面有一段文字是其他地方所不曾看到过的。我当时曾用手机拍过几张照片，可惜回到陕西后不小心给删掉了，约略记得有这么一条内容：大渡河又名铜河、沫水，现今金口河区大渡河畔的滨河路过去曾叫铜河路，只是当地业已很少有人知道这个名字了。

从金口河区图书馆出来后，我不觉转到了梧桐街上，发现一个丁字路口处有一家面馆，向来喜欢吃面的我立刻动了心，随即踅进去，要了一碗双椒牛肉面。分量不大，既辣且酸，正好迎合我的胃口。我正吃得头上冒汗，三姐在微信群中发来信息，问我人在哪里，说是二姨娘已经做好午饭，叫我赶紧回去吃。我随即用手机拍了一张双椒牛肉面的照片发过去，说我正在外面的馆子里吃面，你们吃吧，不必等我！

傍晚，三姨娘的四女儿陈晓艳邀请在金口河小城里的诸家亲戚到她家开办的牛肉汤锅店里吃了一顿大餐。也许是那段时间总吃米饭炒菜，也许是前一天晚上喝酒太多，那晚的我竟然没有一点食欲，所以很少动筷子，放在我面前的啤酒我也没有喝几口，真是有负表姐和表姐夫的盛情美意。因为包间里太封闭了，又开着空调，在里面抽烟会呛到别人，于是我便悄悄地去了饭店门口。抽完烟，本想再返回包间去，却发现自己脚上的那双帆布鞋前边有些破损，怕大家见了笑话，就想着赶在天黑之前买一双新鞋子换上。我顺着门前的那条梧桐街往里走去，很快就在一家专卖店里买到了自己满意的鞋子。接着，我又到另外一个商场里买了一双袜子。当我准备付钱时，却在收银处意外地碰到也在里面买了东西的三姨娘的大孙儿陈明旺及他的女朋友。明旺虽然和我不甚熟悉，这段日子毕竟在一起吃过几次饭，唱过两次歌，他见我也在这里买了东西，热情地向我打了声招呼，还顺便替我买了单。我心里有些过意不去，一出商场便要付钱给他。他却笑着说："叔叔，都是自家人，何必这么见外呢！"无论我说什么，他也不要我的钱。有他的女朋友在场，我不好再使他尴尬，就转而问道："咱们的饭局结束了？"他说："已经结束，这会儿没事，我们出来逛逛。"我说："那你们继续转转吧，我先回去了，再见！"于是，我们各自朝着相反的方向走了。

第三天上午，曾多次到过陕西且深知关中人饮食习惯的二姨父特意陪着我们转了一趟农贸市场，买了几斤高筋面粉和新鲜蔬菜，让三姐回去做了一顿酸汤扯面。晓荣哥夫妇、秀林姐夫妇带着儿子，还有秀华姐纷纷到厨房里围观，在品尝了三姐的厨艺之后都称赞不已。这边的小麦面粉到底不如关中的好，面团和好后特意在盆子里窝了一上午，还是不大能抻拉得开，好在三姐的汤味调得不错，我一连吃了三碗，算是美美地解了一回馋。饭罢，我躺在床上准备午休，忽然想起前天傍晚在去醉仙阁参加聚会的路上经过金桥公园时，曾看到有一块面向大渡河的墙上好像刻有一篇题为《金口河赋》的文章。于是，我立即起身去了一趟金桥公园。那篇赋有700余字，现全文抄录如下：

女娲补天，金犬遗世；秦王伐蜀，泾水思源。金口乃金狗之地域调，金河寓泾河之故乡情。言传成俗定，名正金口河。汉隶南安县，隋属平羌地，唐归剑南道，宋名虚根部，明置归化汛，清设抚夷厅。历史烟云浪几重，宛如平常歌一曲。大河奔流，激扬生命进化乐章；奇峰兀立，演绎时空转换胜迹。西接凉山雅雨，东连嘉州水系，南屏峨边林海，北迤峨眉仙境。往昔蛮荒弥瘴贫瘠飞地，今日璀璨明珠繁荣新区。

雾起峰峦，山形险峻；涛震峡谷，水势湍急。壮丽大瓦山，如诺亚方舟高耸霞光中；神奇大峡谷，似地质天书纵横水云间。纳青城之幽意，吐金顶之灵气，揽三峡之雄姿，聚九寨之神韵。笛横牛背七星岩，顺水河荡开层层涟漪；鞭甩羊群八月岭，老鹰嘴抖落朵朵白絮；犬吠村落野牛河，蓑衣岭挥洒道道斜阳；烟绕农舍野鸡坪，盐井溪吹送声声笑语。龙滩浪头，看大鲵嬉戏翻童趣；天池潭边，听琴蛙弹唱静凡心。

虹桥飞架，高楼迭起；两岸翠染，四野馨溢。山水绕城郭，商贾云集兮边贸重镇；园林落闹市，宾朋纷至兮游览胜地。游云舒，清风徐，径通幽，廊回曲，一帘画意；柳色青，竹影迷，稻花香，雪晶莹，四季诗情。华灯闪烁，亮化工程点缀峡谷夜幕；干道溢彩，文体中心活跃矫健身影；雕塑挺立，金桥公园流淌悠闲逸趣。文化助经济如鹰之双翼，扶摇直上小区品位；城镇携乡村似车之两轮，风驰电掣大道康庄。

改革潮涌，发展风劲；乘势而上，帆蓬正举。电冶结合，工业强区，城乡统筹，科学发展，雄伟韬略定航向；政策惠民，教育先行，服务高效，社会稳定，和谐环境添活力。心系发展，情牵百姓，凭硅磷锰铜铅铁矿藏资源谋势，擎水电化工冶炼产业支柱崛起，藉探险攀岩漂流生态旅游兴业，踞天麻花椒牛膝特色基地升级。更有长天倚碧剑，壮国威厂地一家肩承使命；且看大地舞银锄，绘宏图彝汉儿女自强不息。

这篇《金口河赋》写得气势恢宏、文采飞扬，我一口气读完立即没了瞌睡。我在那里沉吟了半天，然后徐徐转身欣赏起了眼前脚边的大渡河的风光。波澜壮阔的大渡河上映射着淡淡的天光云影，对岸翠色逼人的峰壑和山腰中掩映着的红顶房舍，让我忽然觉得眼前的真实景象远比文章里所描绘的要美妙得多。于是，我沿着滨河路边的人行道逆流而行，经过那座宏伟的彩虹大桥之后，从一个台阶处下到了大渡河滩上，一个人静静地坐在乱石堆里观云听涛，直到夕阳西下时才恋恋不舍地离开。回去时，我在岸边捡到了两块光滑圆溜的石头，其大小和形状一个像鸭蛋，另一个似鸡蛋，心里甚是欢喜，打算带回故乡去好生珍藏。

大渡河

那天夜里，我猛然从梦中惊醒过来，发觉自己还是在二姨娘家里。于是，我顺手从床边摸到那两块石头握在了掌心，然后慢慢起身走到窗前眺望在绚烂如花的城市灯火照耀下的大渡河，谛听那滚滚不息的如歌如泣的涛声，心中蓦然起了惆怅：啊，大渡河！明天我们就要离开这里了，何年何月何日才能再见到你呢？

2017 年 9 月 9 日—10 月 9 日初稿
2017 年 10 月 15 日—10 月 20 日二稿
2017 年 10 月 22 日—10 月 25 日定稿

后　记

“读万卷书，行万里路。”这句话对后人，尤其对读书人影响甚大。可以说，这句话表达了中国读书人的共同理想。这句话把读书和行路联系在了一起。这里的“行路”，叫旅游或旅行应该更妥帖一些。真正的读书人是讲求“知行合一”的，凡是那些取得大成就的学者、诗人、作家，比如：司马迁、郦道元、李白、杜甫、苏轼、陆游、徐霞客、沈从文、余秋雨等，莫不如此。

读书可以获得知识、常识及为人、做事、处世的方法和道理，这是从实用主义立场来讲的。但读书不仅是为了生活和工作中的实用，亦可能是纯粹的消闲和娱乐，以此获得精神上的乐趣。不论抱着什么样的目的读书，读什么样的书，毋庸置疑的是，读书可以增长见识，开发智力，滋润心灵。

人的一生都免不了要去旅行，但读过书之后的旅行就显得更有意义了。古今中外的读书人大都是喜欢旅行的，他们在书籍中了解到山川风物之美，然后再通过旅行亲身观察和体验山川风物之美，因此对山川风物的认识和感知就更加深切，学问也往往愈发精进。

书读得少了，难以融会贯通，无从援古证今，笔下自然就无东西可写。行路少了，偏安一隅，见闻隘陋，人之为常者，自己却以之为奇，常常闹出笑话。只读书而不旅行，缺少个人独特体验和印证，那么你所获取的知识就是僵死的。单纯去旅行而不读书，就缺了文化向导，那么你所看到的只能是山川风物的外在之美。当然，一个有心之人总会在旅行中得到更多书本之外的收获。

天地皆文章，宇宙一大书。在某种程度上而言，旅行何尝不是另一种方式的读书呢？我自幼喜欢读书，亦喜欢旅行。近几年，我特别喜欢阅读人文地理方面的书籍，也喜欢读天地间这本自然的大书；我更喜欢将自己的身心投置于祖国各地壮美的山川风物之中，让精神穿梭于中华民族悠久灿烂的历史文化中。通过读书和旅行，我的生命长度得到了极大程度的延伸，思想空间得到极大程度的拓展,内心世界也充满极大的欢悦。

中国地大物博,南北风物迥异,东西民俗有别。出生于陕西关中西府农村的我,参加工作16年来,一直生活在古都西安。由于工作的关系,这些年,我几乎走遍了关中地区的各大城市,还曾去过省外的不少地方——东到河南、河北、山东、山西,南到湖南、湖北、安徽、福建、广西,西到甘肃、青海、宁夏、新疆,北到内蒙古、北京、吉林……每到一个地方,我都会有不同的体验和感受,从而对生命、生活、人生产生很多新的认知和思考。每个地方都有着各自的山川风物、名胜古迹和历史文化,它们具有中华文化的共性,也有着各自的独特之处。不管是单位公差,还是个人旅行,旅途上总是免不了一番舟车劳顿,有时甚至会风餐露宿,有时甚至会遇奇历险,但只要用心去发现和体验,我们总能从中感受到大自然的奇、特、异和人世间的真、善、美,精神是愉悦的,内心是丰盈的,灵魂是自由的。旅行固然是另一种方式的读书,但通过旅行所直接获得的见闻、知识和学问,其实要远比我们从书本上间接获得的东西更丰富、更生动、更深刻,因为这些都是从我们的亲闻、亲见、亲历中得来的,具有个人的独特体验和感受,最能刻骨铭心。“纸上得来终觉浅,绝知此事要躬行”,说的也正是这个道理。

历史地理学博士徐君峰说:“融入山水之间,寓情于景,借景生情,把深沉的情感和爱赋予文字,不仅是一种生活方式,更是一种生活态度。”说到旅行,人们总是想到游山玩水。但一个人从生到死的过程,何尝不是一场旅行呢?我们的一生,要去读书,更要去旅行,倘若能在读书和旅行之余将自己在旅途中的见闻和感受撰写成文,出版为书,分享给广大的读者,这便是一个读书人、旅行家的功德。

我算得上是一个读书人,却从未敢妄称自己是旅行家。虽然,我曾旅行过一些地方,游历过一些名山大川、名胜古迹,但读的书愈多,就愈发感到了自己的浅薄和无知。因此,我就总想着在有生之年里能走遍全国各地,看遍千山万水,如此则死而无憾!

2015年春天,河南省一名女心理教师在网上公开了一封辞职信,她的辞职理由是:“世界那么大,我想去看看。”有人说这名女教师“很任性”,还有人说这封辞职信是“史上最具情怀的辞职信”。我觉得自己也是一个有情怀的人啊!于是,当年夏天,我便毅然辞去了工作,背上行囊,跟随朋友走了一趟“丝绸之路”。回西安后不久,便一口气写下了系列旅行随笔《西行漫笔》。2017年夏天,也就是在家父因病去世不久之后,我感觉自己的精神世界忽然坍塌了,茫然不知所向,便再次萌发了外出旅行的念头。于是,我便带着母亲去四川乐山走了一趟亲戚,回来后完成了另一篇旅行随笔《入蜀纪行》。这两次西部旅行,可以说,一个是文化之旅,一个是亲情之旅,在我的人生历程中有着非常重要的意义,我也从中收获了很多。

去年,我看到太白文艺出版社征集“丝绸之路文学书库”书稿的消息,便将《西行漫笔》和《入蜀纪行》两篇系列旅行随笔进行了一番精心修订和整理,汇编成了这部《西路行吟》。

旅行是心灵的阅读,阅读是心灵的旅行。我不想老待在一个地方,我不想过单调重复的生活,我想去外边看看。且读且行,我喜欢这样的生活方式和生活态度。

2017 年 7 月 10 日于西安